吸血鬼と愉快な仲間たち　2

木原音瀬

集英社文庫

Contents

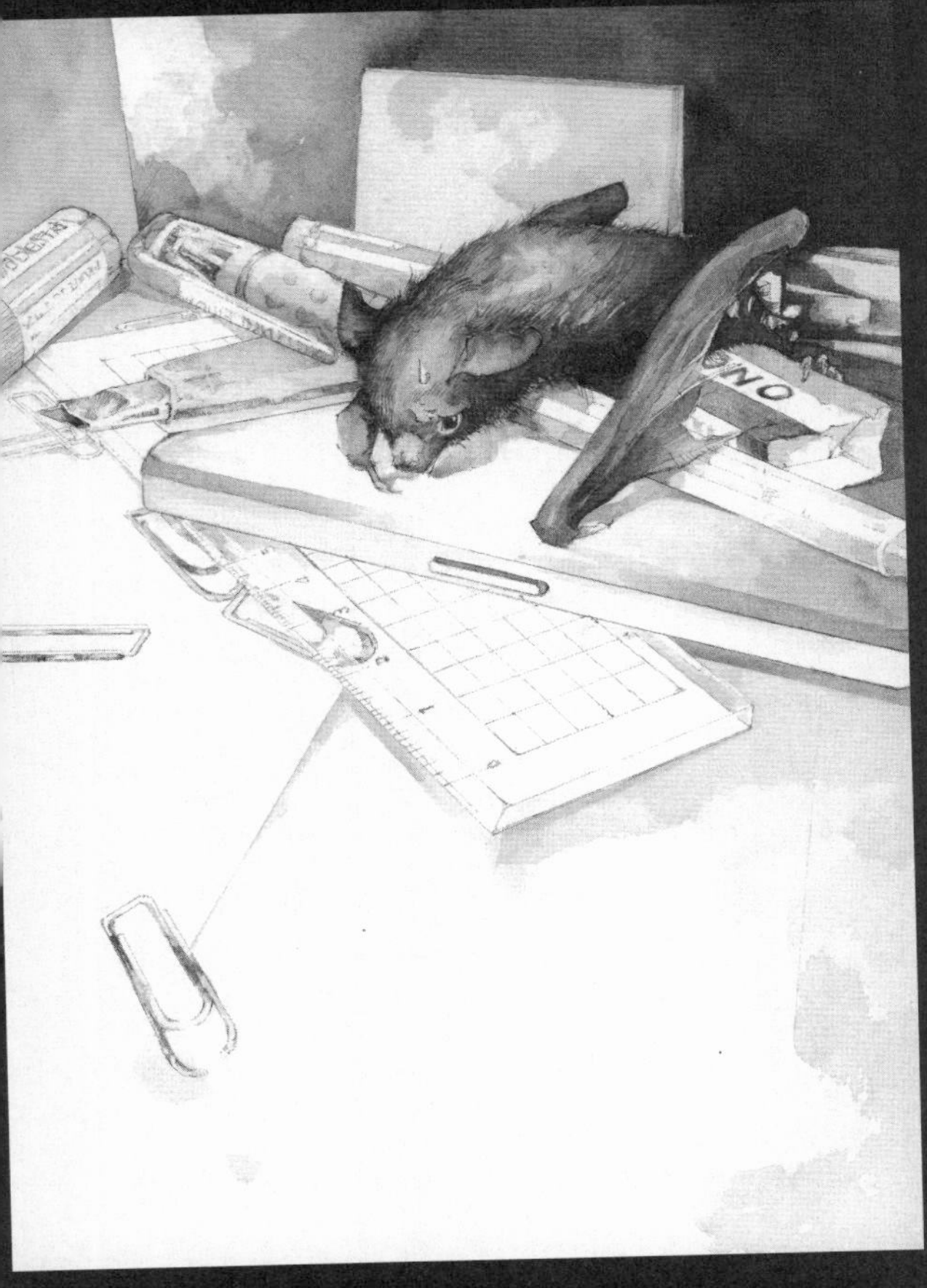

吸血鬼と愉快な仲間たち 2 ——— 7

吸血鬼とお買い物 ——— 289

吸血鬼と愉快な仲間たち

The vampire
and his pleasant
companions

2

吸血鬼と愉快な仲間たち　2

消毒液を浸したモップをきつく絞り上げ、鼻歌を歌いながらアルベルト・アーヴィングはタイル張りの床をゴシゴシと擦《こす》った。静まりかえった無機質な部屋に、少し音程の外れた歌声が軽やかに響く。

葬祭会館である『オールドメモリアルセンター』、そこに併設されたエンバーミング施設の中にある処置室は、ハイスクールの教室ぐらいの広さがある。白いタイルの壁にずらりと取り囲まれて、まるで地下室のようだ。真ん中には等間隔で四台、ステンレス製のエンバーミングテーブルが並べられ、煌々《こうこう》と明るい電球を反射して鈍く光り、独特の雰囲気を放っていた。

エンバーミングとは、死体に防腐、殺菌、修復や化粧などの処置を施すことをいう。アルの故郷、アメリカではごく一般的に行われている。エンバーミングのいい点は、事故で顔や体が傷ついたり、闘病で窶《やつ》れ果てた遺体も健康だった頃に近い姿まで修復できるということだ。しかも殺菌されていて清潔なうえ、腐敗の進行も止まる。

土葬が中心のアメリカと違い、日本では火葬がほとんどなのでエンバーミングの需要はまだ少ない。遺体から血液を抜いて防腐剤である固定液を注入するので、死体を徒《いたず》らに弄《いじ》っているのではないかという偏見もあると聞く。昔は日本在住の外国人からの依頼が多かったという話だけど、今は日本人も増えてきているらしい。

アルは知り合いが働くエンバーミング施設で、清掃の仕事をしている。割高なバイト料の設定にもかかわらずなかなか人が集まらないと事務の松村《まつむら》さんはぼやいていたが、自分にとっては、仕事時間にも融通が利く働きやすいバイト先で、有り難い限りだ。

掃除中も空調は回っているので、処置室の中は少々肌寒い。清掃員も感染防止のために、エンバーマーと同じ水色の手術着を着て長靴を履くことになっている。四月に入って昼間はポカポカと暖かくなったものの、夜になると急に気温が下がるうえに、蝙蝠《こうもり》から人の姿に戻ってしまうので、寒さがダイレクトで肌にくる。

「室井《むろい》くんの歓迎会もかねて、近いうちに花見でもしようか」

昼間、小柳《こやなぎ》がそう言っていたことを思い出す。人に戻ってから暁《あきら》に「はなみ　なに？」と聞いたところ「桜の木の下で酒を飲んで馬鹿騒ぎすることだ」と眉間に皺《しわ》を寄せた不機嫌な顔で教えてくれた。野外パーティに類似するものらしい。そして暁はどうもその「はなみ」が嫌いなようだ。しかしこういったパーティの企画や手配は全て小柳に任せきりにしているので、表だって文句は言わない。

人間だった頃、いや、今も自分はパーティや遊びが大好きだけど、暁は違う。休みの日も家にいて本を読んでいる。訪ねてくるのは友人の忽滑谷《ぬかりや》ぐらい。思うに、暁は遊ぶことがとても下手な気がする。読書が悪いわけではないし、暁は大人だからあれこれ言われるのは鬱陶しいかもしれないけれど、もっと外へ出ていけばいいのになぁと思う。アルはポールみたいに突っ立てたモップの柄に手を置き、更に顎を乗っけてフーッとため息をついた。もし自分が昼間、人の形になれる体だったら、あちらこちらに遊びに連れていってあげたい。といっても免許証がないので、電車で行ける範囲と限定されてしまうけれども。加えて自分は少々、方向音痴だ。昔からよく道に迷っていた……。

フワッと甘ったるい匂いが鼻腔《びこう》で膨らむ。アルはピクリと眉を動かした。右隣のエンバーミングテーブルの下から、血の匂いがする。

「しょうどく　しょうどく～」

リズムに乗せて呟《つぶや》きつつ、モップでゴシゴシ擦る。目に見えなくても、血の流れた痕跡をこの鼻は確実に捉える。それらの残滓《ざんし》まで嗅ぎ分けられる自分は、この仕事に最適だ。

時計を見上げ、アルは「Ｏｈ！」と声をあげた。あれこれ考え事をしていたせいで、随分と時間が経《た》ってしまっていた。遅くなるとそれだけ控え室にいる暁を待たせてしまうことになる。

急げ、急げと自分を急《せ》かし、気合いを入れてゴシゴシとタイルを擦った。鼻歌にも自然と力が入る。

「……あの、お仕事中にすみません」

遠慮がちな声に、慌てて振り返る。処置室と扉一つ隔てたＣＤＣルーム（遺体の化粧、着衣、納棺を行う場所）から助手の津野《つの》がこちらを見ていた。ご遺体の処置が終わってから、もう随分と時間が経っている。この時間まで残っていたということは、暁と話でもしてたんだろうか。

「どうした　つの？」

途端、不思議そうな顔をされる。

「あの、俺の名前を知っているんですか？」

……しまった。蝙蝠の時は控え室でいつも一緒、暁がいない時など津野はよく遊んでくれるので、つい普段の気安さが出てしまった。アルが処置室の清掃をしているのは、みんなが仕事を終えたあと。人間の姿の時に津野と顔を合わせたのは数えるほどで、声をかけられたのは今日が初めてだ。

「あきら　はなしする　つの　こと」

肩にかけたバッグの持ち手を所在なさげにさすり、津野は愛想笑いのような、困ったような、曖昧な表情を浮かべた。

「そうなんだ……えっと、日本語がお上手ですね」

遠いと話しづらい。モップを手にしたまま津野のいるＣＤＣルームの傍《そば》まで、アルは長靴をカポカポと鳴らしながら近づいた。

「ぼく　にほんご　まだまだ」

「とても上手だと思いますよ」

「あきら　いつも　ぼく　たたく」

津野が怪訝《けげん》な表情で「えっ」と目を細めた。

「ぼく　ことば　まちがう　したら　ぱんぱんたたく　からだおぼえろ　みたい」

アルは両手を広げてひょいと肩を竦《すく》める。なぜだろう、津野の顔がみるみる強張《こわば》っていく。

「高塚《たかつか》さんとはいつも『そう』なんですか？」

遠慮がちに問われた「そう」という言葉が何を指しているのか、しばらく考えてみるもわからない。

「そう　なに？」

小首を傾《かし》げて問い返す。津野は気まずそうに唇をもぐもぐと動かした。

「なにって、その……頻繁に叩《たた》いたりとか、です」

「あきら　いつも　ひどい」

語彙は増えてきたものの、言葉の使い方がまだまだおかしいようで「そこは『で』じゃなくて『は』だ」とか、暁にたびたび注意される。細かなニュアンスでの使い分けが多い日本語は難解だ。津野の強張った顔を見ているうちに、こんな言い方だと暁がプライベートでは超極悪人だと誤解されてしまうかもしれないと気づき、慌てて言葉を付け足した。

「あきら　ひどい　たまに　やさしい　ぼくすき」

にこりと笑うと、津野も「ははっ」とぎこちなく口角をあげた。日本人はよくこんな不思議な笑い方をする。笑いが消えると、何とも言い難い奇妙な沈黙が二人の間に流れた。

津野はコホンとひとつ咳払《せきばら》いをし、口を開いた。

「話をしたこともない、ほぼほぼ初対面で不躾《ぶしつけ》だと思われるかもしれませんが、あなたにお願いしたいことがあるんです。仕事が終わったあとに少しだけお時間をいただけませんか」

暁や忽滑谷にお願いすることは多々あれど、お願いされることは滅多にない。しかもいつも遊んでくれる優しい津野のお願いとあって、がぜん興味が出てきた。

「いま　はなし　いいよ」

津野はアルの手にしているモップをチラリと見た。

「あ、でもお仕事の方が……」

「だいじょうぶ」

ワクワクしながら、自分への『お願い』を待つ。しばらく逡巡《しゅんじゅん》したあと、津野は「あの、モデルのお仕事に興味はありませんか」と遠慮がちに聞いてきた。

アルの住処《すみか》は、オールドメモリアルセンターから車で十五分ほど離れた、二十四階建てマンションの十八階だ。狭い部屋に、今年三十一歳になるエンバーマーの高塚暁と二人で暮らしている。共同生活というよりも、居候をしているという言い方の方が正しい。なぜなら家賃を一円も払っていないからだ。

居候という立場上、クロゼットの中の自分の陣地は十分の一ぐらいだし、ベッドはソファ。けどこれで十分満足している。森の中の猟師の家、その近くにあった薄汚いボート小屋で、ただ無為に日々を過ごしていた頃に比べれば、今の方が遥《はる》かに生きている実感があるからだ。

リビングのソファに腰掛けて黙々とご飯を食べる暁を、向かい側からじっと見つめる。怒ったような表情でも、暁はハンサムだ。綺麗《きれい》で整った顔をしている。切れ長の目に、高い鼻。彫りも深い。全体から受ける雰囲気は、オリエンタルでエキゾチック。黙って立っていたら俳優も顔負けじゃないかと思うけど、暁は自分の顔が好きではないらしく「あきら　かっこいい」と褒めても、鬱陶しそうに唇をムッと引き結ぶ。

張り切って用意した暁の夕食を、改めて確認する。ご飯にみそ汁、レンジでチンした温野菜のサラダと、オーソドックスかつストイックな組み合わせだ。保守的な暁は、斬新なものを嫌う。色々と創意工夫を凝らしておかずを作っても「不味《まず》い！」と吐き捨てられる。推測するに、暁は味覚が少々鈍いんじゃないだろうか。なぜなら、自分が味見をする限りけっこう美味《おい》しいからだ。

まぁ、今日のみそ汁は目を離している隙に吹きこぼれて、わかめも思いのほか柔らかくなってしまったけど、それは仕方ない。些末《さまつ》なことはさておき、味はとてもよかった。少々の失敗はあれど美味しくできたと自負している料理。ちょっとでもいいから褒めてもらいたいのに、暁は機械のように黙々と口に運ぶだけで無言。咀嚼《そしやく》音だけが聞こえてくる。

「あきら　ごはん　おいしい？」

たまりかねて自分から聞いてみる。

「不味い」

驚くほど即答だった。

「うそ　おいしい　あじみた」

アルがムッと唇を尖《とが》らせると、暁はお茶碗《ちやわん》をバンッとローテーブルの上に置いた。

「野菜は半分しか火が通ってない。硬いから、噛《か》んでるとジャリジャリしてムカッ腹が立つ。みそ汁はみそ汁で、わかめがヘドロみたいにドロドロに溶けて、おまけに旨《うま》みがない。お前、出汁《だし》を入れ忘れただろっ」

アルはスッと視線を逸《そ》らした。

「都合の悪い時だけそっぽ向くんじゃないっ」

「だし　ない　でも　おいしい」

小さな声で抗議する。

「お前、具のわかめも洗ってないだろ。こんな塩《しお》っ辛《から》いだけのみそ汁を飲ませて、俺を高血圧にするつもりかっ」

「ぼく　まいにち　がんばる　してる」

確かに二、三の間違いはあれど、やっているという努力だけは認めてほしい。

「お前が毎日料理をしているのは知っている。知ってるが、どうして毎日やってて、似たような失敗を飽きもせずに繰り返すんだ？　人は成長するモンだろう。それともお前の頭ん中はおが屑《くず》か」

「ぼくのあたま　なかみある　あきら　しってる」

「馬鹿野郎！」

ドーンと暁の雷が落ちた。

「おが屑は物覚えの悪いお前の頭を例えただけだ。いちいち説明させるなっ」

怒鳴ったあと、暁は癖のついた黒髪をぐしゃぐしゃに搔《か》き回した。

「お前といい室井といい、最近俺の周りには何だかんだと口答えする奴《やつ》らばっかりだ」

吐き捨て、それでも暁は生煮えの野菜を口許《くちもと》に運んだ。

今年の三月、エンバーミング施設でアソシエイトエンバーマー（準エンバーマー）として研修していた紅一点の丸山《まるやま》が、めでたく研修期間を終えて卒業し、地元福岡のエンバーミング施設に就職した。

丸山はかわいい外見に似合わず少々荒っぽかったけれど、蝙蝠の自分をとても可愛《かわい》がってくれていたので、別れは辛《つら》いものだった。涙ぐむ丸山につられて、ついついアルも泣いてしまった。

丸山と同期だった津野は、研修期間を終えて卒業すると、そのままオールドメモリアルセンターにエンバーマーとして就職した。津野の実家は葬祭会館で、息子のためにエンバーミング施設を造っているもののそれがまだ完成に至っていないこともあり、「もう少し高塚さんのもとで勉強がしたい」と津野本人が希望したと聞いている。

オールドメモリアルセンターのエンバーマーは基本二人だ。三人目は本来、定員オーバーになる。けれど冬の間、もう一人のエンバーマー、小柳の妻が体調を崩していた。仕事を休みがちになった小柳のフォローを、暁は文句一つ言うことなく淡々とこなしていたが、いくら手の速い暁でも日に何体も処置した上に、夜中も呼び出されるのはきつかったのか、目の下にクマができ、疲れている表情を見せることが多くなった。

幸い小柳の妻は快復したが、病み上がりで無理はきかない。小柳は今でも時々休むことがあり、施設側はその辺も考慮して津野を一年契約で雇ったようだった。小柳がそんな状態なので、毎年二人、葬祭学校から受け入れていたアソシエイトエンバーマーも今年は一人、そして面倒を見るのは当然ながら暁だった。

今年やってきたアソシエイトエンバーマーは、室井郁己《いくみ》という二十三歳の青年だった。大学を卒業してから改めて葬祭学校に入学したという、津野と同じパターンだ。暁ぐらい背が高く、手足も細くて長い。暁が最初に室井の手を見た時に「器用そうだな」とぽつりと口にしたのが印象に残っている。

暁の見立て通り、室井は手先がとても器用で、勘もいいらしい。けど暁は陽気で明るく開けっぴろげな室井とどうも気が合わない感じだ。まあ、暁は誰とでもニコニコと話をするタイプではないけれども。

不味い不味いと怒りながらも、暁は出した料理を全て平らげた。やっぱり美味しかったんじゃないんだろうかと疑念を抱きつつ、アルは汚れた食器を洗い上げた。昨日の夜のうちに干してあった洗濯物を畳み、ソファで英語の雑誌を読んでいる暁の足許に正座する。

「……何だ」

暁が雑誌から視線を上げる。

「マッサージ　れんしゅう　する」

暁はソファにごろりとうつ伏せになった。アルはそんな暁の肩に触れ、優しく力を入れて揉《も》みはじめる。

誰もいない遅い時間に暁が一人でエンバーミングしている時、アルは遺体のマッサージを手伝うことがある。マッサージは血管内で滞った血液が上手《うま》く排出され、固定液が全身に行き渡るようにするために必要な処置だ。資格を持っていないので、本来はご遺体の処置に関わることはできないのだけれど、特別にやらせてもらっている。これは血液をいただくご遺体に対する敬意、そして感謝の気持ちでもあった。

最初のうちは、練習でも「力を入れすぎるな」「皮膚を擦るな」と文句を言っていた暁だけど、だんだんと自分の腕も熟練してきたのか、注意されることが少なくなった。

暁の皮膚は、自分やご遺体と違って温かい。押し返す肌の弾力も、その奥に潜んでいる肉の感触も違う。生きている人なんだなと改めて実感する。暁は途中でスウスウと寝息をたてはじめ、完璧に眠り込んでいた雰囲気だったのに、全身のマッサージを終える頃にうっすらと目を開けた。

「はなし　ある」

微妙に寝ぼけ眼《まなこ》の暁が、のろのろと半身を起こした。ふわっと欠伸《あくび》をする。

「小遣いでも値上げしろっていうのか」

「おこづかい　いっかげつ　ごせんえん　いい」

清掃のアルバイトで収入があるとはいえ、日に二時間程度なので月に換算すると四万円にも満たない。アルは全額を暁に渡し、その中から月五千円をお小遣いとしてもらっていた。暁は残りのお金を貯金してくれている。それが部屋の敷金、礼金、当座の生活費になるぐらい貯《た》まったら、ここを出て一人で暮らすことになっていた。暁の家に居候できるのは、お金が貯まるまでの間という約束だ。

「また変な服でも欲しいっていうのか」

先日、近くの店で漢字がかっこいいTシャツを見つけた。どうしても欲しくて暁におねだりして買ってもらったばかりだ。自分と暁は体格がほぼ同じなので「あきらも　きる　いいよ」と言ってあげたのだが、触ろうともしない。人のものだと思って遠慮しているのかもしれなかった。

「ぼく　モデル　する」

暁は「はあっ？」と鼻に抜けるような声をあげた。

「お前は何を言ってるんだ？」

「つの　ぼくに　おねがいした　モデル　やってって」

「どうしてここで津野の名前が出てくるんだ？」

「つのきょうだい　モデルじむしょ　してる　がいこくじんモデル　けが　こまってる　ぼく　たすける　したい」

「津野の身内の頼みか何か知らんが、お前は警察に二度も捕まってるんだぞ。今だってアルバイトに偽名を使ってるのに、顔を晒《さら》すような仕事ができるわけないだろう。常識で考えろ」

「メーキャップ　する」

「絶対に駄目だ」

　暁は頭ごなしに「駄目」と言うばかり。

「ひと　たすける　ぼく　したい」

「俺は人助けが悪いって言ってるんじゃない。問題は、お前の顔が表に出るとまずいってことだ」

　いくら「したい」と食い下がっても、首を縦に振ってくれない。以前、二度ほど警察に捕まって留置場に入れられたことがあり、その時は蝙蝠の姿になって抜け出した。正規の手続きを踏んでの釈放ではないので、世間的に見れば「脱走」したことになっている。そのためアルバイトも本名のアルベルト・アーヴィングではなく、母方の祖父の名前、ケイン・ロバーツを使っている。罪状が「建造物侵入」と「公然わいせつ」の上に身元確認がろくにできていないので、指名手配にまでは及んでいないと忽滑谷に聞いている。

「だいじょうぶ　メーキャップ　かお　かわる」

暁は苛々《いらいら》した表情で両手を上げた。

「お前が何と言おうと駄目なものは駄目だ。俺の前で二度とモデルなんて口にするな」

話は終わったとばかりに、暁は雑誌に視線を落とす。それからは何を言っても、返事すらしてくれなくなった。

少しでもご機嫌をとっておこうと念入りにマッサージもしてみたのに、効果なし。下手に出て「どうしても　だめ？」とか「ぼく　やる　したい」と可愛くおねだりしても無視。冷たい横顔を見ているうちに、だんだんと腹が立ってきた。

「あきら　わからずや」

悪口には敏感な暁が、速攻でこちらを見た。

「どうしてお前はそんなにモデルにこだわるんだ」

「つの　こまってる」

「本当にそれだけか。着飾ってちやほやされて、楽して金を稼ごうとか思ってるんじゃないだろうな」

アルは立ち上がると、テーブルの上にあった新聞を鷲掴《わしづか》みにして「あきら　あんぽんちん」と投げつけた。顔にまともに新聞を食らった暁は「何だ、その変な日本語はっ。

このクソ野郎っ」と怒鳴る。

アルは口をへの字に曲げたまま、鍵も持たずに外へと飛び出した。マンションの前の道路を横切って、南に少し行ってから左に折れる。五分ほどで川沿いの道に出た。ぽつん、ぽつんと灯《あか》りが寂しく光る遊歩道を、俯《うつむ》き加減に歩く。水の上を滑る風は冷たくて、シャツ一枚だと少し寒い。

暁が心配する気持ちもわかってはいるのだ。ただ頭ごなしに「駄目だ、駄目だ」と反対されてしまうと、納得したくなくなって気持ちが反発してしまう。

「あきら　おうぼう　あくま　へそまがり」

思いつくまま悪口を垂れ流す。けれどいくら腹を立て、文句を言ったところで、暁の傍を離れていく気は微塵《みじん》もなかった。

アルは、普通の人だったらまともに信じてもらえないだろうけど……吸血鬼だ。八年前、クレイジーな女吸血鬼に中途半端に血を吸われ、不完全な吸血鬼にされてしまった。日中は否《いや》が応でも小さな蝙蝠になる。おまけに血を吸わないと生きていけない体なのに牙がなく、噛み付いて血をいただくというオーソドックスな血の吸い方ができない。「自分の意思に関係なく変身する」「噛み付いて血が吸えない」という二点において、これまで大変な苦労をしてきた。

一度は死んでしまったので、吸血鬼として生き返っても家族からは化け物扱いされ、家を追われた。昼間は蝙蝠、夜は人間と形態が勝手に変わってしまうため他の吸血鬼のように人間社会にとけ込むこともできない。さすらいの果てにネブラスカ州の人里離れた老猟師の家の近くにあるボート小屋に住み着き、ひっそりと寂しく生きてきた。

老猟師がしとめた獣から出る血を舐《な》めて飢えをしのぐ、まるで幽霊のような生活を送っていた去年の秋、ひょんなことから解体された肉にまざって冷凍され、輸出された。そして日本の加工食品会社のトイレで目を覚まし、真っ裸でうろついていたところを、不審者として通報されて警察に捕まった。

捕まった時は人の姿だったけど、朝になるとアルは蝙蝠になった。人が蝙蝠になるなんて普通の人は考えないので脱走したと思われ、署内は一部で大騒ぎになった。一応、物証として捕獲されたアルは、そこで心優しい刑事、忽滑谷に出会った。その忽滑谷の手で蝙蝠好きのエンバーマー、高塚暁のもとへ運び込まれ、あれやこれやあった末にこの家に居候することになった。

最初こそ無愛想で口の悪い暁に反感を抱いていたが、今は不器用だけど優しい男だとわかっている。そうでなければ、せっせとご飯を作ったり、掃除や洗濯をしたりなんかしない。世話になっているお礼に、自分にできることをできる範囲でやっているつもりなのに、あまり喜んでもらえない。「ありがとう、アル」という声はかけてくれない。黙々とご飯を食べるだけじゃなくて、もっともっと褒めてほしいのに……。

アルはエンバーマーである暁の配慮で、遺体から抜き取られた廃液である血を少しばかり分けてもらって飢えを満たしている。本来、捨てられる血をいただくかわりに、エンバーミングされるご遺体のマッサージを手伝っている。その人の最後の「命」を分けてもらう、そうすることでアルはようやく人間らしい生活を取り戻すことができた。

日本に来て、最初は驚き、戸惑い、怒り……そして絶望した。だけど暁と共同生活をはじめてから、ソファとクロゼットの隅に自分の居場所が与えられた。飢えを満たす血も、誰かを傷つけたり、獣の血を啜《すす》ったりしなくても、ちゃんともらうことができる。そして何よりも、人と触れ合えることが嬉《うれ》しい。蝙蝠の時はみんなに可愛がってもらえるし、人の姿になれば暁や忽滑谷と話ができる。自分のことを知り、理解してくれる人がいる、わかってくれる人がいる。以前とは比べようもないほど幸せな状況なのに、とても満たされているのに、それでも……妙に、落ち着かない。

自分の場所と決められたソファの上に寝ていてもだ。ネブラスカで寝床にしていたボート小屋のように、夜中に押し入ってきた暴漢に叩きのめされ、川にうち捨てられるなんてことはないとわかっているのに、そわそわする。

暁との生活に慣れてきた頃から、少しずつ気持ちが落ち着かなくなってきている。その原因を自分なりに考えてみたところ、思い至るのは先の見えない将来……のような気がした。

今はよくても、この状態はあとどれぐらい続けられるものなんだろう。中途半端な吸血鬼なので、自分がどれだけ生きるかもわからない。けど確実に忽滑谷や暁より長生きしてしまう。

今がいいからこそ、見えない将来が不安になる。いくら日本語が上手くなり、働けるようになってお金が貯まっても、いつか一人になる。いくら嫌だ嫌だと言っても、みんな自分を残して先に死んでしまう。

だから、だからこそ今自分の傍にいる人を大切にしたかった。助けてもらったり、可愛がったりしてもらうだけじゃなく、大切にして、頼りにされたかった。津野から声をかけてもらった時は、嬉しかった。日本語もまだまだ怪しい、何もできない自分でも、望まれて人の役に立つことができるんだと、そう思えたからだ。

警察の件が気にならないわけではない。顔を出したらまずいだろうなというのもわかっている。けど津野は本当に困っていて、アルに声をかけるのも随分と躊躇《ためら》っていたとぽろりと漏らした。ばれるよりばれない可能性の方が高いなら、是非とも津野の力になってあげたかった。

それにアメリカで、地方とはいえモデルの仕事をしていたからポージングには少々自信がある。日本のモデル業界にも興味はあるけど、暁が言うように「着飾ってちやほやされて……」だけじゃない。純粋に、心から津野のピンチを助けたかった。

「アル？」

背後から声をかけられ、振り返った。通り過ぎた橋の傍に、忽滑谷がいる。立ち止まったアルに、忽滑谷は足早に近づいてきた。

「こんな時間にどうしたの、夜のお散歩？」

穏和な表情で忽滑谷はニコリと笑う。刑事である忽滑谷は、アルを警察署から連れ出して暁のもとに連れてきてくれた大恩人だ。

以前は頻繁に暁のマンションを訪れていた忽滑谷も、最近は月に一回、ちらりと顔を見せる程度だ。自分たちといる時は穏やかで優しい男だけど、仕事のスイッチが入った途端、自らの正義感に恐ろしく忠実になる。そのせいで少々スタンドプレーも目立つらしく、忽滑谷とコンビを組んでいる後輩の柳川《やながわ》はいつもブチブチと文句を言っている。

「ぬかりや　さいきん　すこし　こない」

呟くと、暁は「前はこんなもんだった」と言っていた。どうやら中途半端な吸血鬼が日本での、暁との生活に慣れるまでは、気遣って頻繁に顔を見せてくれていたようだった。

「暁、家にいるかな」

優しい忽滑谷が、聞いてくる。

「いる」

そっけなく返事をする。微妙な空気を感じ取ったのか、忽滑谷は首を傾げ「どうしたの?」と顔を覗《のぞ》き込んできた。

「あきら　けんか　した」

忽滑谷は「そっか」と腰に手をあて「少し話をしようか」と先に歩き出した。二十ヤード（約十八メートル）ほど行くと、河原がコンクリートで固められた低い堤防沿いに出る。忽滑谷は堤防のへりにひょいと腰掛けた。アルも隣にちょこんと座る。

話をしよう、と忽滑谷は言ったのに何も聞いてこない。こちらが話し出すのを待っているんだろうか。どうしようかなと迷ったけど、やっぱり聞いてほしくて喧嘩《けんか》の原因を正直に話した。

暁の同僚、津野の姉が経営しているモデル事務所で外国人モデルが大怪我《おおけが》をしてしまい、困って代役をお願いされたこと。日本人モデルと違い、外国人の男性モデルは数が少ないので、雰囲気、身長のことを考えると代役をたてるのがかなり難しいこと。アルは怪我した外国人モデルと、身長、容姿共にとてもよく似ていること……。

「ぼく　したい　つの　こまってる」

忽滑谷は顎先を押さえて「うーん」と小さく唸《うな》った。

「暁が心配するのもわかるし、アルのやりたいっていう気持ちも理解できるから難しいなあ。実際、アルの件は大ごとになってないからね。事件が小さすぎるし、実質被害はなかったに等しい。留置場から脱走っていうのも、どうやら上の方でもみ消そうとしてるみたいだし。警察側としては、このまま何もやらかさずにおとなしく本国に帰ってくれ、っていうのが本音だと思う。捕まえても『二回も脱走しました』なんてこちらの不手際を証言されて、それが表沙汰になったら警察の隠蔽体質だ何だと袋だたきになるだけだから」

「じゃあ　モデル　する　いい？」

忽滑谷は難しい顔でしばらく黙り込んだ。

「お願いされているのは、雑誌のモデルなんだよね。飲食店のアルバイトを少しだけ手伝うとか、そういうのと違ってモデルは紙媒体として長く残るだろう。そこが気になるんだ。アルの事件の担当も、ファッション誌まではいちいちチェックしないだろうけど、絶対に気づかないともいえない。僕も暁と同じで、しない方がいいと思う」

「どうして　だめ？　メイク　かおかわる　べつじんなる」

上目遣いに聞くと、忽滑谷は困ったように額を手で押さえた。

「ぜったい　みつかる　ない　あきらに　いうない」

忽滑谷の口許は曖昧な形のままだ。

「暁はファッション誌を読むタイプじゃないから、言わなけりゃ気づかないかもしれないけど……その代役っていうのは、どうしてもアルじゃないといけないの？」

問われ、口を閉ざした。

「あぁ、でも代役が簡単に見つかるようなら、職場で見かけたってだけで、わざわざ素人に声をかけてきたりしないか」

津野は「是非ともお願いしたいんです」と言い、そのすぐあとに「もし駄目なようなら断ってください」と付け足した。断るという選択肢はあるのだ。だけど、少しぐらい無理をしても、津野の力になりたかった。

「今回はやめておいた方が無難じゃないかな。モデルが怪我をしたっていう津野君？　だっけ、彼のお姉さんには気の毒だけど、その人を助けるためにアルが警察に目をつけられたり、捕まるかもしれない危険を冒すことはないと思う」

がっくりとうなだれると、それを見ていたのか忽滑谷がアルの丸まった背中をそろりと撫《な》でてきた。

「紙媒体や映像で姿が残る仕事は避けた方がいいというだけで、他のことだったら僕も反対しないよ。助けてあげればいいと思う」

冷たい水辺の匂いに、ふわっと血の匂いが重なる。濃くはない。薬品が混ざった、独特の血の匂い。暁の匂いだ。顔を上げてクンクンと犬のように鼻を鳴らしていたら、忽滑谷が「どうしたの？」と聞いてきた。

「あきら　くる」

忽滑谷が薄暗い街灯の向こうに顔を向ける。しばらく目を凝らしたあと「本当だ」と呟いた。

「アルが心配で、お迎えに来たかな」

「それ　ちがう」

アルは首を勢いよく左右に振った。

「そうだと思うよ。去年、アルが刺された時、一人にしたのをすごく後悔してたから。俺が癇癪《かんしゃく》おこして置いて帰らなきゃって言ってね」

そんな話、初めて聞いた。暁はまっすぐこちらに近づいてくると、自分たち二人が腰掛けた堤防の前で足を止める。不機嫌さを取り繕わない表情で「お前ら、何してるんだ」とぶっきらぼうに聞いてきた。

癖の強い暁の髪が、冷たい風にふわふわ揺れる。

「マンションに行こうとしたら、途中でアルに会ってね。話をしてたんだ」

忽滑谷はニコリと笑う。

「それからこれ、酒入《さかいり》から預かってきたんだ」

忽滑谷は上着のポケットからはがきを取り出し、暁に差し出した。文面を読んだ暁は「同窓会？」と露骨に眉を顰《ひそ》めた。

「幹事が酒入なんだよ。この前、偶然居酒屋で鉢合わせてね。暁の住所がわからないって言うから、預かってきた。教えてもよかったんだけど、一度暁に聞いてからにしようと思って」

暁ははがきをスッと二つ折りにした。……少々ぞんざいな扱いに見える。

「酒入なんて奴は覚えてない」

「高二、高三と同じクラスだっただろう」

「記憶にないものはない」

忽滑谷はフッとため息をついた。

「酒入は個性の強い奴だったけど、一番印象に残っているのは修学旅行の時、建物に落書きして一晩中先生の部屋で正座させられてたことかな」

ようやく記憶に訴えかけるものがあったようで、暁は片目を細めたままフンッと鼻を鳴らした。

「あの眼鏡、どこにいてもやたらと騒々しかったな」

そうそう、と忽滑谷が相槌《あいづち》を打つ。

「今、テレビのプロデューサーをやってるらしいよ。暁の仕事のことを話したら興味があるみたいで、是非話を聞きたいって言ってたんだけど」

「俺は行かないぞ。名前や顔をろくに覚えてない奴らに会っても、仕方ないからな」

「そんなこと言わずに、一度ぐらい顔を出してみたら？　みんな大人になってるし、あ

Coca Cola

の頃とは違うよ」

「ありもしない旧交を温める気はない。俺の仕事を知りたいなら、仕事場を通せと酒入に言っておいてくれ」

取りつく島がない、といった表情で忽滑谷が肩を竦める。

「どうそうかい　なに？」

アルがこそっと忽滑谷に耳打ちすると「高校の時のクラスメイトを集めて、食事をしながらみんなで話をすることだよ」と教えてくれた。アメリカでも、高校や大学を卒業して十年ぐらいを区切りに学年で集まったりする。そういうものだろうか。

「あきら　いけば？」

暁の鼻の頭に、気難しげな皺が寄った。

「お前に命令される覚えはない」

言葉から釘《くぎ》でも生えてるみたいに、響きがトゲトゲしている。

「めいれい　ちがう　ぼく　うらやましい」

アルは両手を広げた。

「ぼく　ともだち　あう　ない　から」

暁がムッと口を閉じる。

「ともだち　あう　うらやましい」

「しりあい　ともだち　はなす　たのしい」

　訴えるアルの肩を、忽滑谷がポンポンと軽く叩いてくる。

「アルもそう言ってるんだし、少し考えてみたら？　昔は話さなかった人でも、今だったらけっこう気が合うかもしれないよ。そしたら付き合いの幅も広がるし」

「俺は今の生活で十分に満足している。不満はない」

　そう断言したあと、「おい、帰るぞ」とアルに向かって声をかけ、暁は来た道をスタスタと戻りはじめた。忽滑谷は「頑固だなあ」と小さくため息をつく。

「はがきを渡すってミッションも完了したし、僕はもう暁の家には行かないよ。ちょっと仕事も残っているしね」

「そう？　じゃあ　ばいばい」

　忽滑谷に手を振って、アルは孤高な背中を追いかけた。近づくと、その肩先は力んでいるみたいに左右に揺れて、相変わらず怒っているようだった。そういえば、どうして暁は川岸に来たんだろうと首を傾げる。買い物にしては、何も買ってる気配がない。

「あきら　ぼく　おむかえ？」

　怒っている背中が振り返る。

「コンビニへ行く途中だったんだ！」

暁が来た方角とは真逆、東をアルは指さした。

「こんびに　あっち」

すると暁はますます怖い顔になり「財布を忘れたんだ」と怒鳴って、帰る両足に加速がついた。やっぱり自分のお迎えじゃないかな……と思ったものの、怒っている背中にそれ以上、あれこれ聞くことはできなかった。

オールドメモリアルセンターに併設されたエンバーミング施設、その中にある職員控え室で、アルは津野の肩に乗り、一緒に本を読んでいた。

津野は暁と一緒に午前中、一件のご遺体のエンバーミングを終わらせた。暁はその後、ご遺体の葬儀に参列し、津野は控え室で待機している。午後からも二件予定が入っているが、まだご遺体到着の連絡はない。小柳が午後から出勤のシフトだけどまだ来ていないので、部屋の中にいるのはアルと津野、そして暁に「あれこれ口答えする」と言われているアソシエイトエンバーマーの室井だけだった。

夜明けから日没まで、アルは蝙蝠の姿になる。これは太陽が東から昇って西へ沈むように、変え難い現実だ。体長が十五センチほどの薄茶色の毛をした蝙蝠のアルは、暁に言わせるとヒナ蝙蝠に似ていて顔は可愛いらしい。蝙蝠の自分の顔を鏡で見たことはあるけど、何度見ても蝙蝠の美醜は今ひとつよくわからない。

最近、アルは子供向けのひらがなの絵本が読めるようになった。漢字や片仮名が混ざるとお手上げ状態にはなるものの、それでも大進歩だ。

そして津野が読んでいるのは絵本ではなく、暁に借りた米国のフューネラルマガジン（葬祭の専門雑誌）でもちろん英語。母国語なので、アルは楽に読むことができる。

アルは血をもらうお礼としてご遺体にマッサージをしているうちに、エンバーマーの仕事そのものに興味がでてきた。マッサージを終えると、自分は少し離れて暁の処置を眺める。他のエンバーマーの処置は見たことがないけれど、暁はとても器用で、そして神経質な気がする。糸のちょっとした切り残しもつくらない。服に隠れて見えないはずの縫い跡も綺麗にする。そういう見えない心遣いは、遺族だったら嬉しいだろう。

吸血鬼で、人としては死んでしまった自分はライセンスを取ることは叶《かな》わなくても、知識があればマッサージの他にも何か暁を手伝えることがあるかもしれないと積極的に勉強している。

「えっと、今は一ドルが日本円でこれぐらいで……」

津野がぼそりと呟く。

「うわっ、高いな」

葬儀の専門雑誌なので、棺《ひつぎ》の広告も掲載されている。棺もピンキリで、目玉が飛び出そうになるほど高いものもある。

「ギャッギャッ」

アルが「うんうん」と同意を示すと、津野は「お前もそう思う？」と聞いてきた。アルがコクコクと頷《うなず》くと、津野は口許に手をあててプッと笑い、アルの頭を指先でそろそろと撫でてくれた。

「俺、ずっと気になってたんですけど、蝙蝠ってそうしてるのが普通なんですか？」

津野とアルは同時に振り返った。室井はソファに腰掛けたまま、上半身だけこちらに捻《ひね》って問いかけてきている。

背が高くて手足が細い室井は、暁とはまたちょっと違ったタイプのハンサムだ。目や鼻、口の形が綺麗で、バランスよく配置されている。彫りは深くないけど、かえってそれが涼やかでいい感じだ。短い髪もその顔立ちによく似合っている。アル的に室井は日本のサムライのイメージだ。

「高塚さんがいる時はその蝙蝠、高塚さんの肩とか頭に乗ってるでしょ。蝙蝠って普通、天井からぶら下がってるモンじゃないんですか？」

「たまに窓のところにいるけど、うつ伏せになって誰かにくっついてることが多いかもね」

津野が人差し指で頭を撫でてくれたので、アルは「ギャッ」とお礼に鳴いた。室井は首を傾げる。

「まるで人の言っていること、わかってるみたいですね」

「わかってるかもしれないよ。蝙蝠って賢いらしいから」

アルは「そうそう」のつもりで「ギャッギャッ」と二度鳴いた。

「そういえば小柳さんが言ってたよ。落とし物をしたらアルに聞けば教えてくれるって。室井君もなくしたものがあったら、アルに聞くといいよ」

室井はハハッと笑った。

「そりゃ冗談でしょ。いくら蝙蝠が賢いっていっても、所詮動物なんだから」

アルは少々ムッとした。今は動物の姿だから仕方がないとはいえ、ちょっと小馬鹿にされたように感じてしまう。

「それにしても高塚さんも謎な人ですよね。蝙蝠を飼ってるなんて」

確かに、と津野も同意する。

「俺も最初に高塚さんがアルをここに連れてきた時は驚いたよ」

「けどいくら可愛くても、ペットを職場に連れてくるっていうのはどうなんですか」

「可愛いから連れてきてるっていうより、一人で置いておくと情緒不安定になるからだって言ってたよ」

室井は「情緒不安定!?」と叫び、目を丸くした。

「ほら、アルっていつも高塚さんとか、みんなにくっついてたりするだろ。寂しがりなんじゃないかな」

「じゃあ高塚さんは家でその蝙蝠を猫っ可愛がりしてるってことですか？」

津野が「うーん」と小さく唸った。

「高塚さんはアルにわりとクールだから、可愛がりすぎるっていうより、この子が特別に甘えん坊ってことじゃないかな」

室井はソファの背に顎を乗せ「へーぇ」と間延びした返事をする。

「我が師ながら、高塚さんの生態って今ひとつ摑めないんですよね。無愛想で、自分のことをべらべら喋《しゃべ》るタイプでもないし。この前も何かのついでに『兄弟とかいるんですか？』って聞いたら、『それを知ってどうするんだ？』って真顔で問い返されたんですよ。そういうのって、知りたい、知りたくない云々《うんぬん》以前に、会話の流れの一部じゃないですか。ちょっと驚きでしたよ」

自分のことを「所詮動物」と言った暴言は許せないが、暁のコミュニケーション能力のなさ……というより他人とのコミュニケーションをことごとく否定していく姿勢は、アルも少なからず気になっていた。

「高塚さん、一人っ子っぽくないですか」

「あぁ、そうかも」

「ですよね。兄弟がいたら、あそこまで愛想なしになることはないんじゃないかと思うんで」

そういえば暁に家族の話を聞いたことはなかった。自分のことは話したけど、暁からは聞いてない。暁だって人の子だから、両親がいるはずだ。なぜ聞いてみなかったんだろうと考えて、そもそも日本語勉強中で雑談をするスキルがなかったのと、暁に家族団らんで過ごすというイメージがないせいだと気づいた。

「愛想はないけど、高塚さんはいい人だよ」

津野のフォローに、室井はひょいと肩を竦めた。

「俺も嫌いなわけじゃないんですよ。けどあそこまで無愛想なのも珍しくないですか。最初に見た時は綺麗な顔だから、それを鼻にかけてるのかと思ったけど、そうでもなさそうだし。っていうか、あの人自分の容姿にまったく興味ないですよね。ぴしっとしてるのは葬儀に出る時だけで、それ以外は寝癖あっても平気だし」

そう、暁は寝癖が酷《ひど》い。癖毛に寝癖のハーモニーで髪の毛がくしゃくしゃの時など、自分が頭の上に乗って乱れを押さえつけてあげているのだ。同意を込めて「ギャッギャッ」とアルが鳴くと、室井が驚いたように肩先をぴくりと震わせた。

「急に鳴くなよ、ビックリするだろ」

室井がぼやく。絶妙のタイミングで相槌を打ったのに、理解してもらえなくて悲しい。

津野ならきっとわかってくれるのに。

「高塚さん、話を振っても仕事のこと以外は乗ってこないから、プライベートが全然わからないんだよね。恋人とかいるんですか？」

津野は不自然に沈黙する。その思わせぶりな態度に、アルは首を傾げた。自分の知る限り、暁は誰かと付き合っているという気配は微塵もない。

「あっ、いるんだ。意外だなあ」

室井はソファの背から身を乗り出してきた。

「俺もよく知らないから」

津野は室井から視線を逸らし、机に向き直った。室井はソファから立ち上がりデスクの傍までやってくると、しゃがみこんで津野を下から見上げた。

「その雰囲気だと、高塚さんが付き合ってる相手とか知ってますよね。どんな人か教えてくださいよ、誰にも言わないんで」

津野は硬い表情で首を横に振る。

「本当に知らないんだ。そういうことは本人に直接聞いてくれよ」

「聞けないですよ。聞いたところで『それを知ってどうするんだ？』って突っぱねられそうだし。知らないって言うけど、恋人がいそうな気配は感じてるってことですよね」

やけに食い下がるなあ、とアルは津野の肩の上から室井を見下ろした。指導者としてだけでなく、暁本人にもかなり興味があるらしい。そういえば、そっけない暁に対して、果敢に話しかけていっているみたいな気もする。去年の津野とは正反対だ。

「……あくまで個人的な意見になるけど、高塚さんは、その……好きなタイプは外国人じゃないかと思うんだ」

室井が驚いたように目を丸くする。アルは「違う、違う」のつもりで首をブンブンと横に振ったけど、津野は見てくれない。暁は彫りが深くて、バタ臭い顔は好きじゃない。アルの顔も「顔だけ蝙蝠になればいい」と言うぐらい変な美意識だ。

「外国人か。意外なとこ突いてきますね」

低く呟き、室井はソファへと戻っていった。なぜ津野が暁を「外国人好き」と思ったのか、その根拠がわからない。暁が外国人女性と一緒に歩いているのを見たことがあるんだろうか。自分は朝から晩まで、暁のエンバーミング中以外はほぼほぼ一緒にいるけど、暁が自分以外の誰かと外出する姿は見たことがない。

電話の着信音が響く。津野は机の上のスマートフォンを手に取り、チラチラと周囲を見渡した。目が合った室井に「すぐすませるから、ごめん」と断り廊下へ出ていく。アルは肩口にいたので、自然と電話の会話を盗み聞きしてしまうことになったが、どうやら相手は津野の父親のようだった。

津野が控え室に戻ってくると、ソファの背もたれに頭を乗せた室井が「恋人からですか？」とからかってきて、生真面目な男の顔が少し赤くなる。

「父親だよ。仕事中は連絡してくるなって言ってあるのに

「急用じゃないんですか？」

「違うよ。内装で、壁の色をどうするかって話。そんなの夜でもいいのに」

フッと津野がため息をつくと、乗っている肩が緩く上下した。

「実家、家でも建ててるんですか？」

「家というか、施設を造ってるんだ」

「施設？」

「俺の実家、葬儀社だって前に話しただろ。葬祭会館に併設して、エンバーミング施設を造ってるんだ」

室井は「えっ」と小さな叫び声をあげた。

「驚いたなあ。専門学校に来てる奴の半数は実家が葬儀社って奴だけど、その中でもエンバーミングの施設を持ってるって奴は一人もいませんでしたよ」

「親の期待は有り難いんだけど、腕もまだまだ未熟だし結構プレッシャーだよ。……室井は実家、何かやってるんだっけ？」

「サラリーマンですよ。おかげで勘当状態ですけどね」

室井はおどけた調子で口にした。

「割といい大学に行ってたし、父親としては卒業したら息子は就職するんだろうと思ってたのに、いきなり専門学校に入り直す、それも死体を扱う仕事をやりたがってると知って、激怒ですよ。俺なりに考えがあってやってることなのに、話も聞いてくれなかったな。そのまま家を出て、もう一年以上実家には帰ってないです」

津野は「ごめん」と小声で謝っていた。

「あ、気にしないでください。これはウチの事情なんで」

廊下から、カツカツと足音が近づいてきた。小柳はこんな急いだ歩き方はしない。バタンとドアが開く。やっぱり暁だ。

喪服からエンバーミング用の手術着に着替えて、綺麗に整っていた髪もはねてはないけど乱れている。暁は津野や室井、そして蝙蝠には目をくれずまっすぐ自分のデスクに向かうと、ワーキングチェアにドカリと腰を下ろした。

アルは津野の肩から暁の肩へと飛び移った。スンスンと首筋に鼻先を擦りつける。「お疲れさま」の意思表示だったのに、鬱陶しかったのか鷲摑みにされて本棚の上に移動させられた。……ちょっと寂しい。

「高塚さん、お疲れ様です」

室井が明るく声をかけてくる。暁は振り返ると、無言で小さく頷いた。

「午前中のご遺体の固定液の薬品配合について教えてほしいんですけど」

室井はノートを広げ、細かくあれこれ質問して、暁は淀《よど》みなく淡々と答えていく。

「やっぱり現場は教科書通りじゃありませんね。勉強になります。あとこれは余談なんですけど、高塚さんて処置の手が速いですよね。これまで実習で見たプロのエンバーマーの誰よりも短時間でこなしていってるように見えます」

「実習で学生に見せながら教える処置と、業務としての処置の時間が違うのは当然だろう」

せっかく褒めてくれているのに、暁の返答はそっけない。

「そうなんですけど……」

「速いのが一概にいいと俺は思わない。アメリカでは一日に運ばれてくるご遺体の数も多かったからスピードを要求されたが、日本はそこまで切羽詰まった状況にはならない。一つ一つ、確実に丁寧にこなしていくことが重要だと俺は思う。そうした上でスピードが上がるなら、それに越したことはないけどな」

アルは本棚の上、じれったくてモジモジと腰を揺らした。案の定、室井は笑いながら顔を強張らせている。こういう場合は、相手のお褒めの言葉に対して「ありがとう」と一言口にしてから話し出すべきだ。言っていることを真っ向から否定してしまったら、相手の立場がなくなる。暁の言いたいこともわかるけど、こういう時は肯定しつつやんわり否定するのが、相手を傷つけない思いやりのある応対だ。

率直で裏表がないのが暁のいいところだとわかっていても、もうちょっと優しい言い方をすればいいのにと、他人事《ひとごと》ながらやきもきする。

「それから室井、お前の指導は俺の担当だが、これからは何かわからないことがあったらまずは津野に聞いてくれ」

ただでさえ強張っていた室井の顔が、神経質にピクッと震えた。

「俺が質問するのは迷惑ですか」

聞いているアルがドキリとするほどストレートに問いかけている。

「お前は実習をするためにここへ来ているんだから、質問をするのは当然の権利だ。ただ、今聞いた程度の内容なら、津野でも十分に答えられる。お前が聞くことで、津野の復習にもなるしな。それでもわからなかったり、俺でないと駄目だという時だけ聞きにこい」

「あ、あの高塚さん。俺もまだ人に教えられる自信はないです」

小さな声が会話に割って入ってくる。暁は振り返って津野を見た。

「お前は家の事情もあったが、勉強するためにここへ残った、そうだろう。人に教えるには、自分がより深く理解していることが必要になる。学びを深められる機会を逃すな」

津野は戸惑っていた表情を引き締めて「わかりました」と答えた。

ただ一人室井だけが、文句こそ口にしないものの、限りなく不満げな表情をしているのが、アルは何となく気になった。

午後八時過ぎ、アルが花見の会場である公園に行くと、そこはカーニバル宛《さなが》らの熱気に包まれていた。白っぽいピンクの桜が咲き誇り、木と木の間には丸い形の不思議な灯りがずらりとともっている。その下には沢山のラグが敷かれ、小さな集団や大きな集団が老若男女を問わずパーティをしていた。

奇妙な面をつけて踊る人もいれば、歌っている人もいる。おとなしいと思っていた日本人の弾《はじ》けきった様はとても不思議で、アルは違う国に足を踏み入れたような錯覚に陥りながら、ラグの合間を縫って歩いた。

「あっ、ケインさんこっちこっち！」

池の傍にある桜の木の下で、小柳が手招きしている。アルは足早に近づいて、花見の面々に「こんにちは」と挨拶をした。

アルバイトをはじめて半年ほどになり、暁以外のエンバーマーと話をする機会もでてきた。人懐っこい小柳はよく話しかけてきてくれる。暁と違って、小柳は喋ること、喋らせることがとても上手だ。

アルも自分のことを、差し障りのない範囲で話した。(日中は蝙蝠とか、吸血鬼とか諸々《もろもろ》あって)日本に来ても友達がなかなかできない、とぽろりと零《こぼ》したところ、それを覚えていたらしく今回、声をかけてくれた。室井の歓迎会も兼ねた花見のメンバーは小柳、津野、室井、暁、それに自分と色気のない男ばかり五人だ。

人間の姿の時にはあまり話さなくても、蝙蝠の時には馴染《なじ》みの面々なので、アルは遠慮なくその輪の中に飛び込んだ。

エンバーマーの集団は、周囲に比べると人数も少なめだし、騒いだりもしていない。唯一、小柳だけが少々酔っぱらっているのか、顔がうっすらと赤かった。

「遅かったねえ、ケインさん。お腹空《なかす》いただろう、さっ食べて食べて。うちの奥さん手製の太巻きがあるよ。これが美味しいんだ、また」

「ありがとう　でもぼく　もうたべた　おなかすく　ない」

謹んで辞退する。今日は暁が処置の時に残しておいてくれた血をたっぷりいただいたので、満腹だ。普通の食べ物も食べられるけれど、お腹は張らないし栄養にもならない。もったいないので、それなら他の人に食べてもらう方がいい。

室井はアルと目が合うと愛想よくニコリと微笑《ほほえ》んでから、津野にそっと耳打ちした。

「津野さん、あの人って誰ですか?」

「就業後に処置室の清掃をしてるアルバイトのケインさん。高塚さんの知り合いだよ」

「……ふぅん」

心持ち低いトーンで室井は相槌を打っている。

「日本語も上手……ハンサムだけど、とても気さくな……だよ」

近くのグループがわっと盛り上がり、急に周囲が騒がしくなった。津野の声もとぎれとぎれにしか聞こえない。花見は、アルの知っている立食形式のパーティでも、椅子があるわけでもない。どこに座るのがいいんだろうと周囲を見渡していたら「高塚さんの横に座る？」と小柳に言われたので、暁の横にちょこんとおさまった。

食事や飲み物に手をつけられなくても、呼んでもらえたのは嬉しいし、見ている分には楽しい。小柳にはアルを気遣うと同時に、職員の少ない職場だから、人を増やしてパーティの席を少しでも華やかに……という気持ちがあったようだ。それなら家族や恋人とか沢山呼べばいいんじゃないかなと思ったけれど、日本人が職場でするパーティは家族や恋人が同伴しないことも多いと暁に聞いた。

「そういえば小柳さん、奥さんの具合はどうですか？　今日もこんなに色々と料理を作ってもらって、無理させたんじゃないですか」

津野が心配そうな顔で問いかけ、小柳は薄くなりかけた頭をパンッと軽く叩いた。

「ああ、大丈夫だよ。気にしないで。もう随分とよくなってるんだ。ちょっと疲れやすいぐらいでね。もともと料理は好きな人だし、最近俺が仕事を休みがちでみんなに迷惑をかけてたのをずっと気にしていたから、こういう時だけでも何かできたらって気持ちがあったみたいでさ」

アルは隣にいる暁の顔を覗き込んだ。腕組みをしたまま俯き加減、口をムッと閉じている。

「あきら　いっぱい　たべた？」

暁は眉間に縦皺を寄せたまま「ああ」と答えた。

「おさけ　おいしい？」

「酒はあまり好きじゃない」

「ふうん　じゃあ　わらって」

顔を上げた暁の眉間、縦皺がググッと深くなる。

「どうしておかしくもないのに笑わないといけないんだ」

「これはパーティ　こわいかお　しつれい」

途端、暁の顔が耳までカッと赤くなった。そんな恥ずかしがるようなことかなと首を傾げたところで「ハハハッ」と小柳の豪快な笑い声が響いた。

「ケインさん、わざとじゃないと思うよ。高塚さんはその顔が基本なんだから」

暁は缶を手にしてゴクゴクと飲む。お酒は好きじゃないと言ったのに、暁の右手の缶からはビールの匂いがした。

「ケインさん、はじめまして」

向かいにいる室井が声をかけてきた。

「今年から見習いのエンバーマーをやっている室井といいます」

暁は室井を、去年の津野と同様、午後六時以降の居残りをさせない。実習先に長く拘束するよりも、家に帰って勉強しろということだ。早くに帰ってしまう室井は、人間になったアルと顔を合わせることはなかった。ただ蝙蝠の時にはお馴染みなので、はじめましてと言われると微妙にくすぐったいものがある。

「こんにちは　ぼく　ケインです　べんきょう　がんばって」

室井はニコリと笑うけれど、その笑顔に違和感を覚えた。何だか目が……笑ってない気がする。

「俺は学生の頃、一年間留学したことがあるんです。ケインさんはどちらの出身ですか？」

「ぼく　アメリカの　ネブラスカ　から　きた」

「あ、ちょっと田舎の方だ。放牧とか盛んなところですよね」

田舎と言われて、少々複雑な気持ちになる。確かにネブラスカはニューヨークやシカゴと比べると田舎だろう。田舎だとは思うが……。

「日本には何をしに来られたんですか？」

実は吸血鬼で、蝙蝠の姿の時に牛肉と一緒に冷凍されて輸出されたなんて言えない。どう返事をしたものかとオタオタしていると、横から暁が「日本語の勉強」とそっけなく言い放った。

「そうなんだ。けど、もう勉強しなくていいぐらい喋る方は流暢《りゅうちょう》ですよね」

「ぼく　よめる　ひらがなだけ　かくの　だめ」

「日本語を書くのは難しいですよ。喋るだけじゃなく、読み書きもできるようになりたいってことは、何か日本でやりたい仕事でもあるんですか」

室井の質問に困ってしまう。やりたい仕事も何も、今後自分がどうやって生きていくかを考えるだけで精一杯だ。仕事を選択するところまで至ってない。けれど室井にしてみれば、自分は見た目どおりの若いアメリカ人。普通のアメリカ人が日本までわざわざ日本語の勉強にきたということは、それなりの目標を持っていると思って当然だろう。

「にほんご　しゃべったり　よみかき　おぼえたい　だけ」

結局しどろもどろ、曖昧にそう答えた。

「日本語は口実で、本当は好きな人を追いかけてきたんじゃないですか？」

的はずれな想像に、アルは大きく瞬《まばた》きした。小柳は「色っぽい話になってきたなぁ」と頬を緩め、津野は慌てたように周囲へ視線を泳がせる。

「ぼく　こいびと　いない」

「本当ですか？　そんなにかっこいいのに」

かっこいい！　自分の中で室井の言葉がパアアアッと広がった。アメリカで人間として普通に生きていた頃はたびたび「かっこいい」と言われたけれど、吸血鬼になってから、面と向かって容姿を褒められたのは初めてかもしれない。暁なんか「バタ臭い」「蝙蝠の顔がいい」なんて言うぐらいだ。けどそれは暁がおかしいのであって、やっぱり自分は日本人から見てもそこそこかっこいいのだ。モデルの代役を頼まれたのも、このルックスがあってこそだったのかもしれない。

「ぼく　かっこいい　みたい」

今の聞いたよね、と言わんばかりに暁のシャツを引っ張ると「社交辞令を真に受けるな」と自信をギュッと握り潰された。会話を聞いていたのか、室井は「社交辞令じゃなくて、本当にかっこいいですよ」と更に舞い上がるようなことを言ってくる。

「確かにケインさんは男前だよ。顔も小さいし、目鼻立ちも整ってるし」

小柳も同意する。みんなに男前、かっこいいと連呼されて、アルは背中がムズムズするぐらい嬉しくなった。

「ぼく　アメリカで　モデルしてた」

地方のマイナーポスターだったけど、モデルはモデルだ。周囲から「へえっ」と感嘆の声があがるのが、更に心地よかった。

「アメリカでもモデルをしてたのか。どうりで……」

津野が先の言葉を慌てて飲み込む。目が合ったので、アルは口許に人差し指をあてた。津野も浅く頷く。

「そんなにこいつはいい顔をしているか？」

釈然としない表情で聞いてきた暁に、津野が「かっこいいと思いますよ」と答える。

「確かに個々のパーツは整っているかもしれんが、狭い範囲で顔の彫りが深いとどうにもくどすぎる」

「あれっ？　高塚さんって外国人がタイプなんじゃないんですか？」

室井の問いかけに、暁は「何だそれは」と首を横に振った。

「俺はバタ臭い顔は嫌いだ。何より見た目が鬱陶しい」

「あきら　きらい　でもぼく　かっこいい」

暁とアルを除いた三人が一斉にドッと笑う。暁は顔を赤くしたものの、それを隠すように俯き、小柳の妻が作ったお寿司《すし》を口に運んだ。

アメリカでもお寿司はポピュラーだけど、太巻きはちょっと違う。このご飯の中にあれこれ詰め込んでしまうのは、いい方法かもしれない。ご飯は味が淡泊でパンみたいなものだし、最近スーパーでイチゴをよく見かけるから、それとフルーツをたくさん巻き込んだ甘いお寿司を作ったら、暁は喜んで食べてくれるだろうか。

「高塚さん、太巻きが好きなんですか？」

向かいから津野が声をかけてくる。

「普通だ」

「あきら　すききらい　おおい」

アルが呟くと、すかさず室井が突っ込んできた。

「そうなんですか？　昼の弁当は普通に食べてる気がするけど」

暁はアルをグッと睨《にら》んだあと「好き嫌いはない」と断言した。いくら恥ずかしいからって、嘘《うそ》はいけない。自分の好き嫌いの多さを認めるところから、偏食を克服する道は開ける。きっとそうだ。

「あきら　ぼく　つくるごはん　もんくばかり」

暁が勢いよく、体ごと振り返った。

「文句を言うのは、お前の作るモンが不味いからだっ」

「ぼく　つくる　おいしい」

「お前の作る料理は基本、人間の食い物じゃない」

口を中途半端に開けたまま絶句してしまう。津野が「高塚さん、いくら何でもそれは」と気の毒そうな視線をこちらに送ってくる。

「俺は誇張しているわけじゃない。一度うちに来てこいつの料理を食ってみろ。家畜の餌の方がまだ健康的だ」

「かちくちがう　にんげんの　えさ」

必死に抗議する。小柳が「どっちにしろエサなんだなぁ」と面白そうに笑っている。

「ケインさんは高塚さんの家に行って料理をしてるんですか？　本当に二人は仲がいいんだなあ」

室井がビールを飲みながら聞いてくる。

「ぼくとあきら　いっしょ　すんでる」

小柳が「ええっ」と声をあげ、隣から身を乗り出してきた。

「二人が知り合いとは聞いてたけど、同居してたなんて知らなかった。そんなの一言も言ってなかったでしょ」

「聞かれなかったからだ」

「そりゃ、誰も一緒に住んでるなんて思わなかったからですよ」

室井は顔を強張らせ、驚いた顔をしていたけれど、アルと目が合うと先にスッと逸らした。上着から煙草《たばこ》を取り出して、火をつける。慣れた様子で煙を吐き出す。控え室に灰皿はない。暁も津野も喫煙しない。小柳も子供が生まれてからやめたと聞いている。そんな上司に遠慮してか、室井は控え室では煙草を吸ったりしなかった。

「あ、公園は禁煙だよ」

津野に注意されて、室井は「そうでしたね」と確信犯の言い方で仕方なさそうに消す。

「ひょっとして、ケインさんって高塚さんの恋人なんじゃないですか？」

何かのついでみたいに、軽い調子で室井が聞いてきた。津野は真っ青になって「何言ってるんだよ」と酷くうろたえている。

「えーっ、そりゃないでしょ。ねぇ」

冷静な小柳の問いに、暁は「天変地異がおこってもありえんな」と返す。けど室井は納得できないようだった。

「本当ですか？　世界で二人きりになっても、絶対にないって言えますか」

「なに小学生みたいなことを言ってるんだ。そういう状況になること自体、ありえんだろ」

室井は決まり悪そうに目を伏せ「そこはものの例えですから」と小さな声で呟いた。

「お前も変な奴だな」

俯き加減の室井の耳が、少し赤くなっている。お酒が入っているせいだろうか、室井はちょっと暁に絡みすぎている気がする。

「それに……」

喋りかけた暁が、不意に「うわっ」と声をあげた。ビールの缶を自分でひっくり返したのだ。中身はそれほど残っていなかったものの、暁の右手はビールでびしょびしょになる。暁はチッと舌打ちして立ち上がった。

「このへんに水場はあるか。手を洗ってくる」

津野がアルのやってきた右手の方を指さした。

「入口の横にトイレがあるけど、けっこう混んでましたし、あんまり綺麗じゃ……。コンビニの方がいいかもしれません」

暁は「どうせだしな」と息をつき「何か欲しいものがあったら、ついでに買ってくるぞ」と酒や食べ物が散乱するシートの上を眺めた。

「あっ、ビールをもう四、五本お願いしていいかな」

暁に「飲みすぎじゃないのか」と言われ、小柳は「ははっ」と苦笑いした。

「今晩だけね。お願いします」

仕方ないな、とぼやきながら暁は歩き出した。後ろ姿をじっと見ていると、室井が「俺もちょっと……」と言い残して暁の後を追いかけるようにして行ってしまった。

室井の姿が人ごみの中に見えなくなってから、小柳がぽつりと呟いた。

「津野君さ、室井君ってどう思う？」

「明るくて、器用な奴なんじゃないでしょうか」

そうだよねぇ、と小柳は何か含んだような相槌を打った。

「室井のことで何か気になることでもありますか。指導は高塚さんだけど、俺も面倒見てやれって言われてるんです。言いにくいことだったら、俺から言いましょうか。歳《とし》の近い人間からの方が本人も素直に聞くかもしれません」

小柳は「彼に不満があるわけじゃないよ」と顔の前で手を振った。

「実習態度は真面目だし、仕事も速いし。敢《あ》えて言うなら、ちょっと要領がよすぎるかなとは思うけどね」

小柳はビール缶に手を伸ばすと、口許に運ぶ。

「そっちじゃなくて……うーん、言っちゃっていいかなあ。でも気になるんだよな。えっと、これは俺の勘違いかもしれないんだけど、室井君ってひょっとしてゲイじゃないかなあ」

津野は「えっ」と声をあげ、大きく体を引く。アルはそれを聞いて「あ、それで」と納得してしまった。自分に対する態度の違和感、その一端が見えた気がしたからだ。

「俺はほら、高塚さんと一緒で、アメリカの葬儀大学でエンバーマーのライセンスを取っただろ。その時も学校にいたんだよね。今でも友達なんだけど、そいつの雰囲気に室井君が似てるっていうかさ」

小柳が少々あやしくなりかけた後頭部をパンと叩いた。

「そいつじゃなかったけど、俺も同性に好きって告白されたことがあるんだ。昔からフケたオヤジ顔で、どこがよかったのか知らないけど、人の趣味は様々ってね。あ、だからって室井君に偏見があるわけじゃないよ」

「俺も偏見はないです。姉の事務所に所属しているモデルにも、いろんなセクシャリティの子がいますし。けど室井くんは想像したこともなかったから衝撃というか」

津野はまだ胸の辺りを手のひらで押さえている。随分と驚いたようだ。

「あくまでこれは想像なんだけど、僕はどうも室井君が高塚さんのことを気に入ってるみたいに思うんだよね……恋愛的な意味で」

津野がアルをチラリと見た。

「たとえ室井君がそういう感情を寄せていても、高塚さんは無理だと思います」

「俺も同感。どっからどう見ても高塚さんの恋愛対象は女性だよね」

小柳がため息をつき、津野は勢いよく振り向いた。

「高塚さんて、ゲイじゃないんですか!」

「違うだろ。だってそんな気配なんて微塵もないし」

「あ、けど、ケインさんと暮らしてるって言ってたし……」

「ただの同居じゃないの？　ケインさん、そうでしょ」

アルはお辞儀するぐらい大きく頷いた。

「ぼく　あきら　どうきょにん　こいびとない」

津野は室井がゲイではないかと聞いた時よりも驚いた顔をした。

「人の恋路を邪魔する奴は、馬に蹴られて云々って諺《ことわざ》もあるし、俺もあれこれ口を出すのは野暮ってわかってるんだけど、高塚さんはどう考えても厳しいと思うんだよね。俺はほら、今は家の事情でセンターにいる時間が少ないだろ、それでも室井君が高塚さんに向ける視線の熱さっていうの、ビシビシ感じるんだよ。とはいえ室井君がカムアウトもしてないのに、こっちから『高塚さんはやめた方がいいんじゃない』って言うのも変な感じだし。高塚さんは全方向にフラットな人だから、カムアウトして告白しても態度は変わらないだろうけど、室井君の方がね。振られた相手が指導者っていうのはきついんじゃないかなってさ。彼、繊細な気もするから」

小柳は喉が渇くのか、何度もビールを口にした。

「あれこれ言っているけど、室井君がゲイっていうのが、そもそも俺の勘違いって可能性もあるんだけどね。でも絶対にそうだと思うんだよなあ」

考え込むような表情をしていた津野が「そういえば」と口を開いた。

「小柳さんに言われて思い出したんですけど、彼、高塚さんについて、俺にあれこれ聞いてきたことがありました。恋人がいるかどうかとか、好みのタイプとか……」

やれやれ、と小柳はため息をついた。

「相手が女の子とか、もしくは高塚さんがゲイだったらこんな風な心配はしないし、それどころかガンガンいっちゃってくれって感じなんだけど」

俺、何言ってんだろうなぁ……と小柳はしきりに鼻の頭を撫でた。

「酔っぱらっちゃってるのかな。言わなくていいことまで話している気がするよ。あっ、ケインさん。俺がここで喋ってたことは、高塚さんには内緒にしといてね。本人の知らないところで気持ちを伝えられちゃうのは、室井君に申し訳ないから」

「だいじょうぶ　ぼく　いうない」

強い声で約束すると、小柳は「ケイン君はいい子だなあ」とニコリと笑った。

「こいするきもち　すてき」

「おっ、ケイン君は高塚さんみたいにロマンティストだな」

「あの……高塚さんて、ロマンティストなんでしょうか」

津野がおそるおそる聞いてくる。

「ロマンティストだろう。ご遺体に対しても怖いぐらいストイックだしね。こういう言い方をするのはおかしいかもしれないが、彼ぐらいご遺体を愛している男もいないんじゃないかな。僕なんかご遺体はやっぱりご家族のものだって気持ちがあるから、多少なりとも客観的に見られるけど、高塚さんはそうじゃない。あの細かさとこだわりは、やっぱり愛なんじゃないかと思うよ」

俺の言い方、変かな？　と小柳は苦笑いしている。

「ここであれこれ話しても、まぁ憶測の域をでないからね。室井君に関しては、もうしばらく様子見かな。それはいいとして津野君は好きな子とかいないの？」

なかなか出会う機会がなくて……と津野は苦笑いする。

「好きなタイプってどんな子？　芸能人でいったらさ」

「芸能人ですか？　そうだな～最近だと神保優香《じんぼゆうか》とか好きかな」

小柳は首を傾げる。

「最近、ドラマとかによく出てるんですけど」

わかんないなあ、俺もオッサン化が進んでるのかな、と小柳は苦笑いしていた。

二人の話を聞きながら、アルは室井のことを考えていた。恋している室井。愛は素晴らしいと思うものの、相手は暁。成就するのは多分無理だろう。

いや、本当に無理だろうか。ぶっきらぼうだし暴言は多いけど、暁は優しい。外国人の濃い顔は嫌いなのに、自分を部屋に住まわせて、色々と世話してくれる。あれこれ文句を言っても、死にそうになるまで血をくれたりと情は深い。

もし室井が情熱的に迫ったら？　その本気に引きずられてしまったら……。暁が室井と手を繋《つな》いで微笑んでる場面を妄想してしまい、反射的に思考をシャットアウトした。ホラーでもないのに、ちょっと怖いと感じてしまう。

恋人ができるのはいいことだ。忽滑谷も言っていた。自分を暁のマンションに住むよう勧めてくれた時に「暁はもっと人と接した方がいい」と。当時はよくわからなかったけれど、今は自分もそう思う。不器用でぶっきらぼうな部分を差し引いても、暁は他人と深く関わろうとしていない。

もし暁と室井が恋人同士になったら……男女のように結婚はしなくても、一緒に住むというパターンがアメリカでは多かった。アルの故郷でも、男同士で住んでいる人たちはいた。暁も室井と同居するんだろうか。そうなったら自分は邪魔者になる。必然的にあのマンションを出て、一人暮らしをしないといけなくなるんだろう。

それはちょっと嫌だ。せっかく居心地のいい場所を見つけたのに、人間としての自分を取り戻せそうになっているのに、また放り出されるのは嫌だ。ひとりぼっちになるのは嫌だ。けど暁の幸せを考えるなら、恋人ができた方がいい。でも自分が一人になるのは……考えているうちに、悶々《もんもん》としてきた。この先ずっと暁を拘束できるわけじゃない。何十年かすれば、確実に暁や忽滑谷、センターのみんなは先に死んでしまう。歳をとらない吸血鬼の自分は置いていかれる。それまでに一人でいることに慣れるよう頑張る。頑張るから、あともう少しあの部屋に住んでいたい。あと一年、二年……いや、三年は暁と室井が恋人同士になるのは待ってほしい。虫のいいお願いだけど、アルは真剣だった。何しろこれから先の長い人生がかかっているのだ。

「それにしても、二人とも遅いですね」

津野の言葉に、アルはピクリと背中を震わせた。ひょっとして、室井は二人きりをいいことに暁に告白をしているんじゃないだろうか。もしそれで万が一うまくいってしまったら……。

「ぼく　ちょっと　みてくる」

アルは急いで靴を履いた。「もう戻ってくるんじゃないの？」という小柳の声が聞こえなかった振りをして、パーティが佳境を迎える色とりどりのラグの間を駆け抜ける。目の前をハラハラと白い花びらが過《よ》ぎっていく。

一人でいることに慣れるまで。さっきはそう思ったけど、日本に来るまで何年も自分は一人きりだった。血を吸って、寝て、夜が来て、朝が来ての繰り返し。慣れるまでもなく、自分はずっと一人でいたのだ。何を今更、こんなに悲しくなっているんだろう。

喧噪《けんそう》の公園を抜けると、遠くにコンビニエンスストアの明かりが見えた。街灯の下を足早に歩いているうちに、フッと暁の匂いがした。風下なのでよくわかる。コンビニの隣の隣、シャッターの下りた店の前に室井と二人で立ち、何か話をしている。

声を掛けづらい雰囲気だ。明るい場所から暗がりへと移動し、アルは猫のようにそろそろと足音をしのばせて二人に近づいた。

「それは無理だな」

暁の声が聞こえる場所まで近づいても、二人は自分に気づいていない。

「俺は同性愛に偏見はないが、男に入れる趣味も、入れられる趣味もない。同じ指向の奴を捜せ」

悲鳴をあげそうになる。好き、嫌いというリリカルな部分を飛び越えて、明らかにディープな話をしている。

「男同士でも、そういう行為をしないカップルはいますよ。嫌ならしなくてもいいですし。まずは俺がどういう人間か知ってもらいたい。好きな人がいないなら、とりあえずお試しでもいいので俺を考慮にいれてもらえませんか」

暁は俯き加減で、髪を掻き乱しながらため息をついた。

「時間の無駄だ。お前、犬猫と恋愛をしろと言われて、真剣に相手との交際を考えるか？　考えないだろう。悪いが俺にとってお前が言っていることはそれと同じなんだよ」

あまりの暴言に、アルは絶句した。室井も頬を引きつらせている。

「……俺は犬猫と同列ですか」

室井の声は低い。暁は顔を上げた。

「あぁ、悪い。気に障ったのなら謝る。犬猫はものの例えだ。恋愛対象にならないものなら何でもいい。バッタでも石ころでも」

謝ってはいるものの、例えが余計に酷くなっている。暁の言わんとするところはわからないでもないけど、もっと相手の気持ちを思いやれないものだろうか。本当にそう思っていたとしても、口に出さない方がいい言葉がある。相手にばれないなら、自分も傷つかないなら、誰にも迷惑をかけないなら、嘘をついたっていいと思う。他に好きな人がいるとか、自分にはもったいないとか、歳が違うとか、理由はいくらでも捏造《ねつぞう》できる。

「とにかく、お前は俺にとって性的な意味においては、そこの電柱……」

聞いている方が居たたまれなくなり、思わず物陰から飛び出してしまった。

「むろい　ごめんなさい　あきら　かんがえ　あさい」

いきなり姿を現したアルに、二人とも目を丸くして驚いていた。

「どうしてお前がここにいるんだっ」

苛立った口調で暁が吐き捨てる。

「ふたりおそい　さがしにきた　ぬすみぎき　した」

「盗み聞きだとっ」

暁の目つきが更に険しくなる。

「あきら　おもいやり　ない」

これだけは暁に言ってわからせてあげないといけない。こっちの方が盗み聞きよりも罪は重い。

「にんげん　いぬ　ねこ　どうぶつちがう　ひどい」

「アホかお前は。人間も動物だろうがっ！　俺は室井を犬猫と同じだと言っているわけじゃない。可能性のなさをわかりやすいように表現しているだけだ」

「それ　だめっ」

アルも一歩も引かない。二人は二ヤードほどの距離をおいて睨み合った。

「アメリカに留学していた時も、男女構わず腐るほど言い寄られた。曖昧に気を持たせるよりも、こういうのははっきり断った方が、後腐れがなくていいんだよっ」

「それでも　いいかたある　あきらひどい」

「じゃあ何て言えばいいんだ、クソッタレ」

アルと暁の間に険悪な空気が流れる。そんな自分たちを見かねたのか、室井が間に割って入ってきた。

「えっと、その……俺のことが原因ですよね。だったら大丈夫ですよ。高塚さんのことがずっと気になってて、もし望みがあるならって試しに言ってみただけで……」

「悪いが可能性はないと思ってくれ」

気をつかっている室井に、暁はまた酷い言葉を投げつけた。

「あきら　へそまがり　あくま」

あんまり腹が立ったから、アルも怒鳴りつけていた。

「うるさい、黙れ。何と言われようと、誰とも付き合う気はないからな。俺は生モノには一切欲情しない、不感症なんだよっ。性別以前に、俺は呼吸している生き物とどうこうなる気は一切ないからなっ」

通りを歩いている人が、何事かと思わず振り返るような大声だった。室井も呆気《あっけ》にとられた顔で口をぽかんと開けている。アルは室井に視線を送り、目が合うと小声で「ふかんしょう　なに？」と聞いた。するとなぜか向かいの暁が「感じない、勃《た》たないってことだ、馬鹿」と言葉で噛みついてきた。

「からだ　たたない　でも　ハート　たつ」

アルは両手を大きく広げた。

「何、わけのわからんことを言ってるんだっ」

「あい　ハートでする　セックス　ちがう」

そして暁を指さした。

「わかってない　あきら　こども」

暁の顔がカーッと赤くなったかと思うと、手にしていたビニール袋をアルに投げつけてきた。缶ビールとつまみの入った袋をまともに顔面に受けて、アルは「Oh！」と声をあげてその場にしゃがみこんだ。

「もう二度とウチに帰ってくるなっ、クソ馬鹿」

顔面に受けた衝撃から立ち直ったアルが目を開けると、暁の後ろ姿は随分と遠くなっていた。しかも歩いていっている方角は、公園とは反対方向。家に帰るつもりなのだ。

室井の歓迎会なのに、主役よりも先に帰って、おまけに図星を指されたから怒るなんて自分勝手にもほどがある。

アルはビニール袋から飛び出てその辺に転がる缶ビールとつまみを拾って、袋の中に戻した。室井も手伝ってくれる。

「あきら　わるい　むろい　ごめん」

言葉足らずで短気な暁のかわりに謝る。室井は「俺は大丈夫ですけど、高塚さんが……」と暁の去っていった方向をチラッと目で追った。

「あきら　おこる　いつも……ぷんぷん」

「普段もあんな感じなんですか？」

アルはコクリと頷いた。室井はしゃがみこんだまま「驚いたな」と呟く。

「職場の時と随分と雰囲気が違うし。もっとクールな人かと思ってた」

「あきら　たんき　ぶきよう　あいそなし」

室井は「ククッ」と面白そうに笑った。

「ケインさんも、けっこうはっきりものを言う人ですね」

「ぼく　ひとみて　しゃべる」

室井は目を細めて「ハハッ」と笑ったあと、ビール缶を入れた袋を、アルの手から受け取った。

「俺がゲイなのって、偏見ありますか？」

声の調子は軽いのに、少しだけ手が震えている。

「ゲイ　ぼく　へいき」

「よかった。……仕方ないんですよね。こういうのは生まれもってのもので……」

「あきら　へんけん　ない」

アルはまっすぐに室井を見た。

「ゲイ　ふられた　りゆう　ちがう」

室井は「慰められてるのかな」と首を傾げたあと「ありがとう」と微笑んだ。

随分と時間が経っていたので、すぐにパーティ会場へと戻った。二人だけなのに気づいた津野が「あれっ、高塚さんは？」と周囲をきょろきょろと見渡す。

「ぼくとあきら　けんかした　あきら　ぷんぷん　かえった」

ええ、そんなんで帰っちゃったのかい、と小柳は頭に手を置いた。

「主賓は室井君なんだけどなあ。高塚さんも子供じゃないんだからさ、そんな喧嘩ぐらいで臍《へそ》曲げなくてもねぇ」

「喧嘩の理由は何だったの？」

津野に聞かれ、アルが「あきら　ふかんしょう……」とまで喋ったところで、小柳が飲みかけたビールをブッと噴き出した。

「ちょっ、ケインさん。それ、言わない方が……」

室井に止められたけど時既に遅し。酔っ払って遠慮がなくなり、芸能レポーター並の知りたがりになっていた小柳に、暁が生モノには一切欲情しない不感症で、性別以前に呼吸している生き物とどうこうなる気は一切ないと言っていたことを白状させられてしまった。

小柳は「流石《さすが》、高塚さんだな」と妙に感心していたが、津野は「それちょっと違うと思います」と真剣にコメントする。

「じゃあさ、高塚さんは生きているもの全般が駄目っていうなら、相手が『何』だったらいいんだい？」

……小柳の問いかけに、答えられる人は誰もいなかった。その日、午後十一時過ぎにアルはマンションに帰り着いた。暁がいなくなったあと、パーティ会場はやけに盛り上がり、遅くなってしまったのだ。

部屋の中は真っ暗で、暁は既にベッドの中だった。

「あきら」

名前を呼ぶと、閉じたままの目尻がヒクリと動いた。だけど目は開けないし、返事もしてくれない。

「きょう　ぼく　ことば　わるかった　ごめんなさい」

またヒクヒクと目尻が動く。起きてるっぽいのに、無視だ。

「おやすみなさい」

アルは小さく囁《ささや》いて、意地っ張りな目尻に軽くキスをした。すると暁が驚いたように瞼《まぶた》を開いて、目が合うと険悪な顔でアルを睨みつけ、頭からシーツをかぶった。

可愛いなあ……と思ったのもこの時だけ。執念深い暁はそれから三日間、アルと一言も口をきいてくれなかった。


花見の桜は瞬く間に散って緑の濃い葉桜になり、日差しのきつい日が続いた六月の半ば、このまま夏になるんだろうと思っていたら、急に雨の日が多くなった。洗濯物も乾かないし、家の中全体が湿っぽい。まるでカタツムリになった気分だ。

「てんき　わるいひ　ずっと　いや」

ぼやいていると「梅雨だからな」と暁に言われた。夏になる前に雨の多いグズグズした天気が一ヶ月ほど続くらしい。「あめばかり　いや　じゃない?」と聞くと「生まれた時から六月はこんな感じだ。前半は天気がよかったから、空梅雨かって言われてたが、梅雨が本気を出してきたって感じだな」と言われてしまい、返す言葉もなかった。

事件はその頃、一冊の雑誌からはじまった。その日は朝から三体のご遺体が運び込まれて、センターは大忙しだった。小柳も朝から出勤してきて、一人が一遺体にかかりきり。室井も処置室に入って、控え室にはアルの相手をしてくれる人は誰もいなかった。アルが見ていると知っているので、暁はテレビをつけっぱなしにしてくれるけど、午前中は主婦向けの番組が多くて、退屈。ソファの背にうつ伏せにくっついてウトウトしていたところ、ドアが開く音で目を覚ました。

室井が戻ってきた。青い手術着のままソファにドッと腰を下ろし、その反動でアルの体もソファの背の上で小さくバウンドする。

「あぁ、悪い悪い」

室井が腰のあたりをツンツンと突いてくる。今は蝙蝠の姿だし、どこを触られようが別に構わないけど、腰はちょっと気になる。じりじりと体の向きを変えて「ギャッギャッ（それ、嫌なんだけど）」と訴えてみた。

「んっ、もっと撫でろってこと？」

通じない上に、誤解されてまた腰を撫でられる。アルはパタパタと飛んで暁の机に移動した。室井も追いかけてくる。しつこいなぁ……と思って隣の津野の机に移動すると、そこへもやってくる。低い場所がいけないのかもしれないと、ブラインドの上まで行き蝙蝠らしくぶら下がってみた。

「そうやってると普通の蝙蝠みたいだな」

室井が呟く。この容姿で、普通の蝙蝠以外の何に見えるのか聞いてみたいが、今は人間の言葉がない。

花見の一件以降、胡散臭《うさんくさ》く思っていた室井に親近感を覚えている。同情といった方が近いかもしれない。暁を好きになったばっかりにあんな酷い振られ方をしなくてはいけなかったのが、今思い出しても気の毒だ。

可哀想《かわいそう》という気持ちから、蝙蝠の時に室井の傍に寄っていって「ギャッギャッ（元気だせよ）」と鳴いてスンスンと鼻先を擦りつけ、何度か慰めていた。そんな友好的な態度を懐いたと思ったのか、室井はよく遊んでくれるようになった。ただ蝙蝠の体に興味津々で、ひっくり返して羽を広げられたり、陰部をじーっと覗き込まれるのはいただけない。いくら蝙蝠とはいえ、羞恥心はあるのだ。見られると恥ずかしい。

「遊んでやるから来いよ。ギャッギャッ」

遊んでもらえるのは嬉しいけど、セクハラは嫌だ。警戒していると室井は諦めたのか、アルから視線を逸らし、津野の机の上に置かれてあった本に目をとめた。裏返しにされていたそれをひっくりかえす。どうやら男性ファッション誌のようだ。

「あの人こんな本も読むんだな。ちょっとキャラが違う気もするけど」

中をパラパラと捲《めく》っていた室井が、あるページで手を止めた。

「んっ？　んーっ？」

本を見ながら妙な具合に唸っているのが気になり、アルも棚まで下りて本を覗き込んだ。

「ギャッ!!」

思わず叫んでいた。アルがモデルをやった写真がばっちりと出ている。雑誌が発売されたのだ。

二ヶ月前、津野にモデルをしてくれないかと頼まれた。暁と忽滑谷に反対されていたものの、アルはどうしても断ることができなかった。津野は本当に困っていたし、こんな自分でも誰かの役に立つなら、助けてあげたかった。

アルは「モデルしごと　あきら　だめいう　けど　みせない　いい　ひみつ」と言って、津野に口止めして撮影に臨んだ。

日本のモデル業界はどんなものなのかと気になっていたけど、アメリカの通販雑誌とあまり変わらないなあという印象だった。ただ、前は下着モデルばかりしてたから、ブランドの服はかっこよくて、ヘアやメイクもこまめに直してくれるから嬉しい。自分なりに考えてポージングをしてみたら、カメラマンに「ちょっとそれ、古いかなあ」と言われて、時代の流れに軽くショックを受けた。

心配していた撮影時間も上手い具合に夜だったし、ポーズが決まらなくて色々言われたりと大変なことがありつつも、撮影自体は楽しかった。津野の姉に「うちの事務所に登録しませんか」と誘われて、心がぐらつくも断った。今回は津野を助けるために代理をつとめただけ。警察の件もあるし、ずっとモデルを続ける気はなかった。

そういえば撮影のあと、雑誌の発売は再来月だと話していた。津野は自分に見せてくれようとして持ってきているのかもしれない。だけど非常にまずい。暁に見つかったら、怒られるぐらいじゃすまない。

室井は雑誌を両手で広げてじっと見つめ「これってケインさんだよなあ」と呟いた。カラーコンタクトを使い、メイクもばっちり。雑誌の自分は普段よりももっともっと男前だ。いい具合に化けていると思ったのに、室井にはあっという間にバレてしまった。

ダラダラと冷や汗をかいているアルの前で、室井は雑誌を閉じた。そう、気づいても室井が暁に言わなければいいのだ。アルは室井の背中に向かって「暁に言うなよ」と必死で念を送った。

カツカツと廊下から、せわしい足音が近づいてくる。小柳でも津野でもない足音。控え室のドアが開く。暁が戻ってきた。

「お疲れ様です」

室井が声をかける。好きだと告白されたあとも、暁の室井に対する態度は何も変わらなかった。それは室井も同じだ。……表面上は。暁が見ていない時、室井は暁をじっと見ている。その視線はこちらの胸が苦しくなるほど情熱的だ。はっきりと振られたのに、室井はまだ諦めてない。そんな気配が伝わってくる。

「室井」

暁がそんな室井に近づいてくる。

「お前は俺についているアソシエイトだが、何も俺ばかりにぴったりくっついてまわる必要はない。今日は津野が顔面修復のご遺体をやってる。アメリカならともかく、日本じゃ修復の機会は少ない。見てきたらどうだ」

室井は「そうなんですけど」と気まずそうに切り出した。

「最初は見せてもらってました。実は俺、形成とかすごく好きなんです。だから人の手技を見ていると、自分ならこうするのにって思って、落ち着かなくなるというか……」

暁は室井をじっと見つめた。

「自分の方が上手くやれるから、津野の手技は見なくてもいいと、そういうことか？」

怒るでも揶揄《やゆ》するでもなく、不思議そうに暁は問いかけているけど、言葉はきつい。

「そういうわけじゃないですけど……」

室井の口許が曖昧に歪《ゆが》む。

「俺にはそういう風に聞こえた。俺はお前の修復技術を見たことがないから、実際はどうなのか知らない。自信が実力に繋がっている奴もたまにいるが、大抵はご遺体本来の顔よりも、自分の作りたい顔を形成して、ご遺族からクレームがくることが多い」

室井の目許がサッと赤くなり、唇を噛んでいるのが見える。

「津野は手こそ速くないが、仕事は丁寧だ。上手く作るよりも、生前のご本人に似せることが大事なんだということもよくわかっている。だから仕事を割り振る時も、俺は津野に振った」

「……勉強させてもらってきます」

室井が俯き加減に部屋を出ていこうとすると、ちょうど小柳が戻ってきた。

「ふーういっと。……あれ、室井君どこ行くの？」

「津野さんの修復を見せてもらおうと思って……」

「あぁ、あれならもう終わってたよ。修復はあまりやってないはずなんだけど、いいお顔に仕上がってた。あれならご遺族の方も満足してくれるんじゃないかな。ほかに大きな損傷はなかったとはいえ、顔面の修復には二、三時間かかるし、時間がないって急かされてたせいか、はじめたのが早かったみたいだね。俺たちが出勤する前には処置室に入ってたし。それからいったら、高塚さんの方が意外に手間がかかったんじゃないの。血管があちこちで切断されてて、灌流《かんりゅう》固定ができなかっただろ」

「いつものことだからな」

「まぁ、うちは司法解剖のあとに回ってくるご遺体も多いからねえ」

室井は出ていく理由をなくし、すごすごと自分のデスクについた。暁の言っていることは間違ってないとしても、気落ちした表情の室井を見ていると可哀想になってくる。

アルは室井の肩にポンと飛び乗った。慰めるように首筋に鼻先をスンスンと擦りつける。室井は「さっきまで逃げ回ってたくせに」とぼやきつつ、少し笑ってアルの頭をそろそろと撫でてくれた。

「午後からも二遺体来るんだよね。今はまだマシだけど、これからどんどんご遺体の匂いがきつくなってくるねえ。俺は虫の声や風鈴の音よりも、ご遺体の匂いで『夏が来たな』って思うようになっちゃったし。室井君も、これから覚悟しといた方がいいよ」

小柳の脅しに、室井は「俺、匂いは割と平気な方なんですけど」と苦笑いしながら答える。

「そのうち嫌でも体験するんだから、今から脅すな」

珍しく暁が割って入ると、小柳は「でもねぇ」と肩を竦めた。

「前に匂いが駄目って、脱落したアソシエイトの子がいただろ。だから前もって予告しておいたら、実際にその匂いを嗅いだ時も心に耐性ができて大丈夫かなと思ってさ」

「まぁ、匂いが駄目な奴はどうしたって駄目だからな。こればっかりはどうしようもない」

そういえば、腐乱が進んだり、切断されていたりと状態の酷いご遺体を自分は見たことがない。センターには毎日、ご遺体が運ばれてきているが、血がいただける程度に状態が良好、かつ新鮮なご遺体のケアしか手伝わせてもらったことはなかった。

暁の配慮か、それともポリシーかはわからないけれども。

「……そういえば、高塚さんと同居しているケインさんて、日本でモデルの仕事をしてるんですね」

室井がふわっと爆弾を投下する。意表を突かれ、アルは思わず「ギャッ」と叫んでいた。

「……モデルだと？」

暁が振り返る。この会話を阻止しようと「ギャッギャッ」と大声で鳴くと、室井に「うるさいよ」と窘《たしな》められてしまった。しかし黙るわけにはいかない。

「ギャッギャッギャッ」

アルの努力も虚《むな》しく、室井は喋る。

「ケインさんですよ。日本でもモデルの仕事をしてるんですよね。津野さんの持ってきてた雑誌に……高塚さん……？」

暁が睨んでいるのは間違いなく室井の肩に乗っている蝙蝠だけど、室井は自分だと勘違いしたのか肩先が少し震えていた。暁はつかつかとこちらに歩み寄ってきて、室井の肩にとまっていたアルを乱暴にむしり取った。暁の手の中でアルはブルブル震えた。手のひらから伝わる熱気が、握力が怖い。

「何の雑誌だ」

アルはゴクリと生唾を飲み込んだ。突然、闘牛みたいに鼻息も荒く殺気だった暁に、室井は明らかに躊躇《ちゅうちょ》している。

「おっ、俺もよく知らないです。津野さんの机の上にあった雑誌に載ってて……」

暁は津野の机に近づくと、裏返して置かれていた雑誌をひっくり返して、パラパラと捲った。その手がぴたりと止まる。アルは絶望的な気持ちで「ギャゥッ……」と小さく鳴いた。

ブランドのスーツを着て、ポーズをとっている自分。短い髪は整髪料でぴっちりとまとめあげ、瞳の色はカラーコンタクトでハシバミ色になっているはずだ。蝙蝠の時は視界がモノクロなので、色の仕上がりはよくわからないけれど……。

「これはどういうことだっ」

暁は右手に握り込んだ蝙蝠を顔面まで近づけて、噛み付かんばかりの勢いで怒鳴った。

「ギャ、ギャ……ギャ………」

声が尻すぼみに小さくなる。アルは顔を伏せ、耳を折った。言い訳のしようもない。暁に内緒でモデルをやったのは事実だ。

「どういうことかと聞いてるんだっ！」

「高塚さん、蝙蝠のアルにあたったって仕方ないだろ」

小柳が怒りに震える暁の肩を摑んだ。

「そんなに怒らなくても、モデルぐらいいいじゃないですか。ケイン君はかっこいい子なんだし」

バタンと絶妙なタイミングでドアが開いた。全員の視線が処置を終えて戻ってきた津野に集中する。みんなに注目され、一種異様な雰囲気に戸惑ったのか、津野は「えっ、何ですか？」とおろおろと周囲を見渡した。

「津野、お前に話がある。ちょっとついてこい」

暁はアルを摑んだまま控え室を出た。津野は慌ててその後を追いかけていく。暁はセンターと葬祭会館の間にある小さな中庭まで出てくると、勢いよく振り返った。後ろからついてきていた津野が怯《おび》えた顔で立ち尽くす。

「どうしてあいつをモデルなんかに使ったんだっ」

これまでの状況を何も話していなかったにもかかわらず、津野はその一言で全てを察したらしく顔がサーッと青くなる。

「駄目だと本人に言ってあったはずだ」

「すっ、すみません。ケインさんに、高塚さんに出来あがったものを見せなければ大丈夫だと言われて……」

鷲摑みにした指にじわじわと力がこもる。このまま握り潰されそうだ。握り潰されても死なないけれど、痛いのは嫌だ。

「今回だけ、一度だけという約束です。ケインさんのプロフィールも一切公開したりしません。それともほかにケインさんが顔出しをしたら都合の悪いことがあるんでしょうか？　アメリカのモデル事務所との契約は気になってたんですが、そっちはもう解除してると聞いていて……」

暁は口をムッと横に引き結んだ。悪いことをしてないとはいえ、警察に捕まって脱走した過去なんて言えるはずもない。

「高塚さんが嫌がっていたのに、ケインさんにお願いしてすみません。けど彼に助っ人《すけと》に来てもらって、本当に助かったんです。姉は外国人モデル専門の事務所を立ち上げたばかりで、所属しているモデルも少なくてここで穴をあけたら事務所は信用をなくすところでした。ケインさんも高塚さんを騙《だま》そうとしたんじゃなくて、僕らを助けようと思って、高塚さんに嘘をついたんだと思います。どうか彼を責めないでください」

暁が奥歯をギリギリと噛んでいるのがわかる。そして何も言わない。沈黙は気が遠くなるほど長かった。いや、本当はそんなに長い時間じゃなかったのかもしれないけれど、殺気だった手のひらに握りしめられた状態では、それが永遠の時間に思えた。

フッと一つ大きな息をつき、暁は津野に背を向けた。自分が呼び出したくせに、置き去りにして控え室へと戻る。何か話をしていたらしい小柳と室井が、暁が入ってきた途端にぴたりと会話をやめた。二人の視線が集中する中、暁は自分の椅子にドッと腰を下ろし、おもむろに机の引き出しを開けた。中にアルを突っ込み、バタンと閉じる。狭くて暗い中に、カチャリという金属音が響いた。鍵をかけられた！

「ギャッギャッギャギャーッギャッ」

アルは暗い中、大きな声で鳴いた。暗いところは好きでも、こんな風に自由もなく閉じ込められるのは嫌だ。

「高塚さん、えっと……それだとアルはちょっと窮屈なんじゃないかな」

小柳の声が聞こえる。

「ほら、アルは神経質で寂しがりの子なんだろう。そんなところに閉じ込めたら、可哀想だよ」

アルは小柳の援護を受けて「ギャッギャッ（そうだ、そうだ）」と鳴いた。

「うるさいっ。黙れっ！」

机がドンッと大きな音をたてて、周囲の空気がビリビリと震えた。アルは驚いて体を小さくした。駄目だ……きっと今は誰が何を言っても駄目だ。

暗い引き出しの中で、ボールペンや物差しに囲まれたままアルは考えた。暁が自分を引き出しに閉じ込めたのは、逃げ出さないようにしたかったからだ。なぜそんなことをするのか。

怖い……アルはブルブル震えた。今日、人間の姿に戻る瞬間がとてつもなく怖かった。

その日は午前中も忙しかったけれど、午後も予定のご遺体に加え飛び込みが一体来て慌ただしく、みんな控え室にはほとんどいなかった。忙しいといっても、通常は二、三時間で処置は終わる。午後からのご遺体はどれも状態はよかったらしく、夕方近くになるとみんなゾロゾロと控え室に引き上げてきた。

そして終業時刻である午後六時の時報が鳴る。「おつかれ」「また明日」とみんなが帰っていく中、いつまで経っても暁の気配は机のそばにあった。

時報を聞いてから、三十分から一時間ぐらい経っていただろうか。ようやく引き出しの鍵が開く音がした。アルは引き出しの隅っこに隠れていたけれど引きずり出され、更衣室へと連れていかれた。内鍵をかける際、暁が油断した隙を狙ってアルは恐ろしい手を離れ、ロッカーの上に逃げた。

暁はチッと舌打ちするも、アルを追いかけてロッカーの上によじ登ったりはしなかった。部屋の隅にあった折り畳み椅子を持ち出し、更衣室の真ん中で開いてその上にデンと腰掛け、両手を組んでロッカーの上のアルを睨みつける。人間の姿に戻るのを、今か今かと待ちかまえている。

今晩だけは、ずっと蝙蝠のままでいたい……と願うも、時間は非情にも過ぎ去っていく。そして悲しいほど自分の体は日没に忠実だった。ロッカーの時計が午後七時になろうとした頃から、いつものあの感覚がやってくる。全身が熱を持ち、短かった手足がぐんぐん伸びていく。体中を覆っていた薄茶色の毛が皮膚に吸収されて消え、白い肌が現れる。

ものの数分で完全に人の形になった。ロッカーの上で、生まれた時の姿のまま猫のように丸くなる。暁はロッカーの傍までやってきて、腰に手をあてたまま「サッサと降りてこい！」と命令してきた。

アルはロッカーの上から、チラリと暁を見下ろした。

「あきら　おこる？」

途端「当たり前だっ」と怒鳴り声が飛んだ。

「人が駄目だと言ったのに、どうしてモデルなんか引き受けたんだっ」

「つの　すごく　こまてた　から」

「お前だって、捕まったら大ごとだろうがっ」

「ぼく　きっと　みつかるない　つかまるない　から」

「絶対に見つからないなんて保証がどこにあるっ。この単細胞のクソ馬鹿がっ」

暁がロッカーをガンッと蹴った。アルは体を奥へ、奥へと引っ込める。そんな姿に苛

立ったのか、暁は折り畳みの椅子をロッカーに近付け、その上に乗ってきた。

踏み台を得た暁が、ロッカーの上をまさぐってアルの足を捕まえる。引きずり下ろされる気配にアルは「いやーっ」と声をあげてロッカーの角にしがみついた。けど両足一緒に引っ張られて、しがみつく指が痺《しび》れてくる。

腰を摑まれ、体を半分ほどロッカーから引きずり下ろされたところで、急に体がズンと重たくなった。

「うわああっ」

バランスを崩したのか、暁は叫び声をあげながら椅子から落ちた。腰にしがみつかれていたのでアルも巻き添えになったけれど、痛くはなかった。暁の上にドサッと乗っかったからだ。ある意味、人間クッションだ。

「痛いっ」

自分の下から聞こえてきた叫び声に、アルは慌てて人間クッションから起き上がった。暁は顔を歪め、仰向《あおむ》けのまま尻に手をあてて「うううっ」と苦しそうに呻《うめ》く。

「だ　だいじょうぶ？」

心配で聞いたのに、ギリッと睨まれる。暁は怖い顔のまま、体を横にしようと軽くひねり「うわああっ」と叫んだ。アルの方が驚いて後ずさる。

「……尾てい骨が痛い」

何を言っているのかよくわからないけど、起き上がれないほど尻を打ちつけたらしい。アルはおろおろと辺りを見回した。こういう場合、どうすればいいのだろう。病院、やっぱり病院だ。医者に診てもらったほうがいい。

「きゅうきゅうしゃ　よぶ？」

「この程度のことで、救急車なんて呼べるかっ、アホ」

じゃあどうすればいいのだろう。転がっている暁をこのまま見ていろとでも。途方に暮れたアルの耳に、救いの声が聞こえた。

「あの……すみません」

更衣室の外から話しかけてくる。

「すごい物音がしてたけど、大丈夫ですか」

間違いない、津野だ。アルは出入口へ駆け寄って、内鍵を開けた。ドアを大きく外側に開く。

「つの　たすけて」

ショルダーバッグを肩にかけた津野は、「うわあああっ」と叫び声をあげてドアを閉じた。

「つの　どうした？」

アルがドアを開けようとしても、外側から押してくる。わけがわからない。

「おっ、お取り込み中にすみませんでした」

ドア越し、津野の声は悲鳴のようだった。

「取り込んでなんかないっ」

怒鳴る暁に「いいところですみません」と津野は言い直した。そこでようやくアルは自分が全裸だったことを思い出した。

「その……俺、昼間の話がずっと気になっていて、戻ってきたんです。ケインさんは俺のために仕事を受けてくれたんです。だから怒らないであげてください」

「あいつがお前を手伝ったことと、俺があいつを怒ることは別問題だ」

「高塚さんの言っていることがよくわからないんですけど」

「この際、お前にもはっきり言っておく。入ってこい」

「いっ、嫌です」

津野の拒絶に、暁は首を傾げた。

「あきら　ぼく　はだか　だから　つの　はいる　ない」

「じゃあサッサと服を着ろっ！」

怒って右手を振り上げた暁は、「うわあああっ」と悲痛な声をあげた。

「あきら？」

暁の顔は青く、口許はわなわなと震えていた。腕を動かしただけでお尻に響いたらしく、おかしな形のまま体が彫刻みたいに固まっている。こんなの自分一人の手には負えない。

「つの　つの　たすけて」

アルは更衣室のドアを開けた。「うわっ、本当に勘弁してください」とおかしなことを口走る津野を強引に更衣室へと引きずり込む。

「あきら　を　たすけて」

津野は無様な形のまま固まっている暁を見て「高塚さんは服を着てるんですね」とホッとした顔をした。そして首を傾げる。

「高塚さん、何をしてるんですか？」

「あきら　おしり　いたい」

アルがかわりに返事をした。

「ぼくに　くっついた　はなれるない　こうなる」

津野は遠い目をしたあとグッと表情を引き締め、暁の傍へと近づいた。

「そんなに痛いんですか？」

「体を横にしても、腕を動かしても痛い。あいつが上から乗っかってきたからな、最悪だ」

津野は「わかりました」と低い声で答え、更衣室を出ていった。そして数分もしないうちに、ご遺体搬送用のストレッチャーを更衣室まで運び込んだ。ようやく服を身につけたアルと一緒に暁をストレッチャーに乗せる。動かされている間、暁は一言も声をあげなかったけれど、青い顔で額に脂汗を浮かべていたので相当痛かったのだろう。津野も気づいていたのか、受付の松村さんに事情を話して、いつもご遺体運搬用に使っているワゴン車を借りた。この車はストレッチャーをそのまま載せられるつくりになっているので、暁への負担が少ないからだ。

ご遺体でもないのにご遺体運搬用のワゴン車に乗って病院へと移送された暁は、診察室に入ると小さなベッドに移され、医者に「はい、ズボンを脱いで」と言われていた。しばらくすると「うぎゃっ」と悲鳴が聞こえた。その声を、アルは外の待合室で聞いた。

「何を突っ込んだ！　抜けっ」

「はーい、痛くない、痛くない。指はすぐ抜いたげるから、我慢してね。うーん、動けないぐらい酷いって聞いたけど、見た目も綺麗で出血もないし、傷ついてる感じはないんだけどねえ。まあ、肛門鏡《こうもんきょう》を使って中を見てみないとわからないけど」

「どうして尻ん中を見るんだっ！　痛いのは尾てい骨だっ」

「尾てい骨っていったら整形でしょ。どうして肛門科に来たの？」

医師が不思議そうに聞いている。

「俺は……俺はそんなの知らんっ」

暁はストレッチャーのまま、肛門科から整形外科へと回された。受付の際、気を利かせた津野が「あの、肛門科でお願いします」と言ったために起こってしまった悲劇だった。

診察の結果、暁は打撲と診断された。骨に異常はないけれど、三日ほど家で安静にして、以後も痛みがおさまるまでは激しい仕事や運動はしないようにと言われていた。痛み止めを注射してもらい、帰る頃には支えがあれば前屈《まえかが》みで何とか歩けるまでになっていた。

「あきら　ごめん」

帰りのタクシーの中、アルがどれだけ謝っても暁は額に青筋を浮き上がらせたまま、一言も口をきいてくれなかった。

翌日、アルは朝から大忙しだった。暁の診断書を背中に括《くく》りつけられ、センターまで届けさせられたからだ。自分一人ではドアを開けられず中に入れないので、少し早めに家を出て、最初に出勤してきた室井の肩に飛び乗った。

「うわっ、何だ？　……アル？」

室井はアルが括りつけていた診断書に気づき、中を見て驚いた顔をした。「高塚さん、怪我したのか？」と聞かれたので、コクリと頷く。

「尾てい骨の打撲で三日か。階段からこけたのかな。……で、お前がコレを届けさせられたの？」

「ギャッ」と鳴くと、室井はなぜか「プッ」と笑った。

ミッションを終えたアルはマンションにとんぼ返りして、少し開いた窓の隙間から家の中に入った。暁はベッドで横になり、外国の雑誌を読んでいる。座れないことはないものの、寝ている方が楽らしかった。

「ギャッギャッ」

届けてきたよ、とベッドの上にトサッとうつ伏せになった途端「あっちへ行け！」と怒鳴られた。暁の上に落ちたのは不可抗力とはいえ責任を感じていて、何か手助けをしようとするのだけど「お前なんかの手は借りん」とはねつけられる。唯一任されたのが、診断書の運搬だ。

「お前が視界に入ってくると、苛々してたまらん」

すごすごと陣地のソファへと移動して、アルは寂しく過ごした。午後六時になろうという頃、インターホンがポーンと鳴った。動けない暁は無視している。アルも蝙蝠のままでは応対できないので静観しているしかない。けれどインターホンは三度、繰り返された。暁は「チッ」と舌打ちして、前屈みのままよろよろと玄関まで歩き「はい……」

と不機嫌な声で返事をした。

『すみません、室井です。怪我をしたって聞いたんですけど、大丈夫ですか？』

「あぁ、大したことない」

『みんなを代表して、俺がお見舞いを持ってきました。お邪魔していいですか』

「気をつかわなくていい。これは俺の不注意だ」

『お見舞いをこのまま持って帰ることはできないです。俺を部屋に上げるのが嫌だったら、部屋の玄関の前に置いていきます」

暁は渋い顔のまま少し考え込んだあと、前屈みで玄関に近づいた。ドアの鍵を開ける。そこには果物籠を手にした室井が、やや緊張した面持ちで立っていた。

「大丈夫ですか？」

「……大丈夫じゃないから、休んだんだ」

せっかくお見舞いに来てくれたのに、暁の言い方はそっけないにも程があった。室井も困った顔をしている。

「仕事の方は小柳さんがフルで出てこられるので、大丈夫です。いつも高塚さんに迷惑をかけているから、今度は俺が恩返しをする番だって張り切ってました」

「大げさな……」

「俺も、津野さんと小柳さんに交互について勉強させてもらってるので大丈夫です。ゆっくり休んでください」

室井が部屋の奥を覗き込むような仕草を見せた。

「ケインさんは留守ですか？」

アルはソファの上でビクリと震えた。暁は少し間をおいてから「あいつは買い物に出ている」と嘘をついた。

「そうなんですね。この籠、けっこう重たいから」

「それぐらい持てる」

「あ、でも本当に……」

室井から果物籠を受け取った途端、暁が「うぐっ」と奇妙な声をあげた。深い中腰になり、そのまま体が固まる。果物籠がぼたりと床に落ちた。

「だ、大丈夫ですか」

室井が肩に触れると、暁は「触るなっ」と怒鳴った。

「しばらくじっとしてたら、痛みは引く」

無様な姿を見ていられなくて、アルも暁に近づいた。何とかしてやれないかとジリジリするも、蝙蝠の体じゃ肩を貸してあげることもできない。せめてものエールにと、肩にとまって首筋にスンスンと鼻先を擦りつけていたら「鬱陶しい！」と怒鳴られた。その剣幕に驚いて、キッチンの網棚に移動する。そんなアルを室井は気の毒そうな目で見ながら、横倒しになった果物籠を拾い上げて、廊下の隅に置いた。

「持ってきてもらったものを、落として悪かったな」

暁が謝っている。

「それはいいです、いいですけど……本当に大丈夫ですか？」

「そろそろ歩けそうな気がしてきた」

暁がじり、じり、とすり足で方向を変える。そして老人に追い抜かれそうなゆっくりとした足取りでベッドへと向かった。

それを見た室井の行動は速かった。サッと靴を脱いで、前屈みの暁に手をさしのべたのだ。

「俺の手、使っていいですから」

暁は最初、無視していたけれど大きく前につんのめってこけそうになったのを支えてもらってからは、素直に室井の手を借りていた。結局、ベッドまで送ってもらい横になる。室井はそのままベッドサイドに座り込んだ。

「尾てい骨の打撲って、けっこう長引くみたいですね」

「お前、どうしてそんなことまで知ってるんだ」

暁が眉を顰める。

「アルが持ってきた診断書、受け取ったの俺なんで。伝書鳩ならぬ伝書蝙蝠って、すみません、ちょっと笑っちゃいました。けどアルって本当に賢いんですね」

褒められているのだから肯定してくれればいいのに、暁はノーコメントだ。いつも「馬鹿」とか「アホ」と連呼しているので、賢いと言われても褒めたくないのかもしれない。

室井は物珍しそうに周囲をきょろきょろと見回している。

「家の中、綺麗にしてるんですね。けどワンルームだなんて思いませんでした。二人で暮らしているって聞いてたから」

「部屋自体は広いからな。二人でも不都合はない」

「けどベッドは一つでしょ。ケインさんはどうしてるんですか？」

「あいつの寝床はそこのソファだ」

室井はじっとソファを見つめ「そうですか……」と呟いた。

「それにあいつはずっとここにいるわけじゃない。金が貯まったら出ていく予定になってる。最初は二週間か三週間の筈だったが、資金の関係もあって半年以上ここに居着いてるがな」

「恋人じゃないんですか？」

暁はあからさまに不機嫌な顔をした。

「違うと言っているだろう！」

「けど、ケインさんが雑誌のモデルをしていたとわかったら、すごく怒ってたじゃないですか。恋人だからじゃないんですか」

「何度同じことを言わせれば気がすむ。俺は誰とも付き合う気はない。それに……」

「誰にも欲情しないから、誰とも付き合う気がない」

　暁の言葉尻を捉えながら、室井は続けた。

「誰にも関心がないなら、逆に老若男女問わず誰にだってチャンスがあるってことですよね」

　室井の指先が暁の髪の毛に触れる。見ているアルの方がドキリとするような、感情の見える光景だった。

「触るな」

　暁が室井を睨むと、指先はゆっくりと引っ込められた。

「恋人がいるなら諦めたかもしれないけど、その地位に誰もいないとなったら立候補したくなりました」

「俺は諦めろと言ったはずだが」

「俺、四人兄弟で、姉と兄、弟がいます。だから一人ぐらい結婚しなくても、平気なんですよ。まあ女性と結婚しろと言われても、ゲイなので無理だけど」

「お前の家の事情は聞いてない」

「俺が話したいんです。っていうか、知っててもらいたかったのかな。もし俺を好きになってくれた時に、遠慮なく来てもらえるよう」

ソファの背にとまって二人の話を聞きながら、アルはだんだんと落ち着かなくなってきた。室井が暁に対して本気なのはわかっていたけれど、今日は特に積極的だ。そして距離も近い。このまま室井の強引さに暁が流されてしまったらと思うと、気が気じゃない。

「高塚さんは、兄弟はいるんですか？」

「お前には関係ない」

グイグイくる室井に、暁はそっけない。

「関係ないけど知りたいです。まぁ一人っ子でも、諦める気はないですけど」

短い沈黙があった。

「それとも、秘密にしてるんですか？」

その言葉が禁を破るキーワードのように、暁は淡々と喋り出した。

「兄弟はいない。三歳の時に両親が離婚して、父親に引き取られた。父親は俺が五歳の時に病死して叔母の家に預けられた。十二の時から施設に入って、十五の時に母親も亡くなった。高校を卒業と同時に知人を頼って渡米して、エンバーマーの資格を取った」

室井が戸惑っている。そこまで聞いてないからだ。家族のことまで全部喋ったのは……暁が怒っていたからじゃないだろうか。

「これがお前が知りたかった俺のプライベートだ。満足したならもう帰れ！」

「……具合が悪いのに、苛立たせるようなことを言ってすみませんでした」

室井は少し震えながら謝り、帰っていった。それから十五分ほどして、アルは蝙蝠から人の形に戻った。服を着て、出かける準備をする。暁は休みでも、自分はアルバイトがある。

「ばんごはん　かってくる　それから　あるばいと　いく？」

室井が帰って以降、こちらに向けられたままの背中に話しかける。

「……今、腹は減ってない。お前が帰ってくる時に弁当を買ってこい」

そうなると午後九時を過ぎる。アルは果物籠の中からバナナを取り出した。

「ばなな　ここある　おなかすく　たべて」

「……わかった」

珍しく暁が素直に返事をする。アルは後ろから、癖毛のかかる耳許にチュッとキスをした。

「何してるんだ」

暁が横目でアルを睨んだ。

「いってきます　きすす」

「ここは日本だ。気色悪いことをするんじゃないっ」

「ぼくのあい　おいていく　ひとり　さびしい　ないよ」

「俺は一人が寂しいなんて一言も言ってないだろうがっ」

アルは暁の古い自転車を借りて、センターへと向かった。暁は生まれた時から一人で生きてきたような雰囲気があるけど、そんなわけなかった。ちゃんと両親がいたのだ。十代で二人とも亡くしてしまっていたが……。

両親から沢山のキスをもらえなかった暁は可哀想だ。暁が一人がいい、一人でも平気だと頑《かたく》ななのは、愛してくれる人と一緒にいる時間が少なかったから、愛される喜びを十分に知らないからじゃないだろうか。

それなら自分が愛してあげよう！　料理をしても喜んでもらえないし、役に立てることがあまりなくても、愛情だったら自信はある。お母さん、お父さんみたいに愛して、愛情のこもったキスを沢山することだったらできる。いっぱい愛されたら、暁はたまにじゃなくていつも優しくなって、「馬鹿」とか「あほ」と言ってくる回数も減るかもしれない。

三十分ほどでアルはセンターの駐車場に着いた。受付は二十四時間対応なので、事務員の人が必ず一人は残っているけれど、他の職員はみんな帰っているので車もほとんどない。

　アルが裏口へ回ると、ドアの前に人がいた。室井だ。じっとこちらを見ている。

「ぼくに　よう？」

　自分から声をかけた。

「えっと……俺、さっき高塚さんのお見舞いに行ってたんだけど」

　あそこにいた蝙蝠がアルバイトのケインだと知らない上に、買い物に行ったという嘘を信じている室井は、失言をして暁を怒らせたとアルに訴えてきた。

「ケインさんが帰ってきた時、高塚さんって怒ってた？」

　顔に必死さが滲《にじ》み出ている室井に、アルは何と言っていいものか迷った。

「すこし　おこる」

　室井が俯き加減にため息をつく。

「けど　だいじょうぶ　あきら　きにする　ない」

　ついでに、自分の主観も入れてみた。

「でも怒ってたんだよね？」

「あきら　しゅうねんぶかい　ん？　ちがう　えっと　えっと　すぐ　わすれる」

　アルの言い方がおかしかったのか、必死な顔に少しだけ笑いが浮かぶ。けれどそれはすぐに消え失《う》せて、再び切ない表情に逆戻りした。

「高塚さんはあと二日、仕事を休むんでしょ。謝りたいけど、また俺がマンションまで行ったら不愉快だろうから……個人的なことにまで踏み込んで申し訳なかったって俺が謝ってたって伝えてもらえないかな」

きっとそれを言うためだけに自分を待っていたのだ。アルが「わかった」と引き受けると室井の表情が幾分、ほっとしたものになる。

「高塚さんが仕事に出てきたら、改めて謝るつもりだけどさ。それと、何度も聞くなって言われるかもしれないけど、ケインさんって本当に高塚さんの恋人じゃないの？」

「こいびと　ちがう」

この前もそう答えたし本当のことなのに、言った瞬間に胸がチクリとした。安心したような室井の顔を見て、またチクチクとする。室井は「じゃあ」と立ち去りかけ、ふと振り返った。

「面倒なこと頼んでごめん。けど俺、本当に反省してるから……お願いします」

……アルが仕事を終えてマンションに帰ると、枕元のバナナは皮だけになっていた。寝ている暁の耳にキスすると、目がじわっと開いた。

出かける前はキスしたら怒ってたのに、帰ってきたら何ともない顔で「食い物は」と聞いてきた。

「おべんとう　ある」

暁はスローモーションのようなゆっくりとした動作で起き出し、弁当を食べはじめる。

室井の言葉を伝えなきゃ、伝えなきゃと思っているのに、なかなかそのタイミングが摑めない。

「むろい　あきらに　ごめんなさい」

何だ？　と暁が弁当から顔を上げる。

「センターで　ぼく　まってた　むろい　あやまる　はんせい　あきら　つたえてって」

「何やってんだ、あいつは。そんな無駄なことをしてる暇があったら、帰って勉強でもしてりゃいいんだ」

「むだ　ちがう」

アルは思わず叫んでいた。

「せいいに　それ　いうのだめ」

暁が驚いた顔で自分を見る。

「あいつの場合は、愛情の押し売りだろ」

「あきら　あい　ほしい　ないの？」

「お前だって、服を着る時は好きなやつを選ぶだろ。気に入ってるとか、着心地がいいとか。そういうもんじゃないのか。一度着た服は基本、返品できない。だから俺は好きでもない相手は受け入れない。責任を持てないことは最初からしない」

それに、と暁は続けた。

「そこまで責任を持とうと思う奴は、これまでいなかったからな」

「ぼくは？」

アルは思わず聞いてしまった。

「ぼくは　どうなの？」

室井に対しては完全シャットアウトだった暁が、初めて黙り込んだ。

「あきら　ぼく　どうおもう　てる？」

「……成り行きで住み着いてる居候だ」

「ぼく　あいする　ないの？」

喋っているうちに、感情がブワッと高ぶってきて、両目からぽろぽろと涙がこぼれた。死んで吸血鬼になっても、涙は流れる。感情と一緒に溢《あふ》れ出す。

「ぼく　あきら　だいすき　あきら　ぼく　すき　ないの？」

暁が困っている。困りきった顔で、まっすぐに見つめるアルから視線を逸らした。

「ずっと　ひとり　さびしい　はなす　ひと　ない　さびしい　あきらとくらす　ぼく　うれしい」

暁は頭をガリガリと掻いて、何度も舌打ちした。

「外国人のお前と、日本人の俺の感覚は違うんだよ。だから好きとか何とか……」

「ぼく　がいこくじん　わかるない　あいしてる　すき　いって」

涙はぽろぽろ、とめどなく流れてくる。暁は「ああもう鬱陶しい」とテーブルを叩いた。

「お前は縁を切りたくても切れない、できの悪い友人みたいな感じなんだよ。ひょっとしたら外国じゃそういうのも『好き』とか『愛している』っていうのかもしれないけどな」

「すき　ほしい　すき　いって」

暁は「うっ」と低く唸ると「す、好きだ」と吐き捨てるように呟いた。

「ほら、満足しただろ。もう泣くな」

「すき　きもち　みえるない」

「何だそれはっ」

「ちゃんと　こころのすき　ほしい　てきとう　いや」

「もう付き合ってられるか！　このクソ馬鹿」

暁はよろよろと椅子から立ち上がり、ベッドに戻った。アルは後片づけをしたあと、横を向いて目を閉じている暁におやすみのキスをした。涙がぽたりと落ちて、暁の頬を濡《ぬ》らす。それで眠った振りをしていた暁が目を開けた。

「……いつまで未練がましく泣いている気だ」

「あきらの　せい」

「好きだって言っただろ。……できの悪い友人としてだけどな」

今度の言葉は、ちゃんと胸に来た。いい加減じゃなく、心から言ってくれているとわかって、アルは「うん」と頷いた。嬉しくなって、そうするとアルは暁の傍を離れたくなくなってきた。

「すこし　ぼく　ここ　いる　いい？」

暁は返事をしなかったけど、嫌だと言わないからいいんだなと判断した。ベッドの下にしゃがみこんで、暁の顔のすぐ傍に頭をのせた。暁の匂いがする。この匂い、胸がほわっとしてすごく安心する。少しと言っていたのに、いつのまにかそのままウトウト眠っていた。

夜中、頭を撫でられている気配で目が覚めた。最初は夢かと思ったけど、そうじゃない。ずっと寝た振りをする。もし起きていると知られてしまったら、シャイな暁はすっと手を引っ込めてしまいそうな気がした。

尾てい骨は順調な快復を見せ、三日もすると痛みも引き、やや前屈みと余波が残るものの暁は普通に歩けるようになった。

職場にも復帰して、暁は自分の不注意で休んでしまったことをみんなに謝り、そのあとで津野に真顔で聞いていた。

「どうしてあの時、俺を肛門科に回したんだ？」

津野は「勘違いしていました」とだけ頑なに言い張り、理由を語ろうとはしなかった。控え室で二人きりになった途端、室井はお見舞いの時の配慮に欠けた言動を暁に謝ったけれど、本人は大して気にする風もなく「別に」と聞き流していた。室井は謝る前よりも、もっと切なそうな顔になっていたのに、暁は気づいていなかった。

雨ばかりが続いた六月の終わり、暁は前日にエンバーミングをしたご遺体の葬儀に出席するために朝から出かけ、帰ってきたのは昼ちょうどだった。喪服から手術着に着替えた暁は、仕出しの弁当を黙々と口に運んだ。

「高塚さん、アルって何を食べてるんですか」

室井の声に、ソファの背にもたれかかっていたアルはフッと顔を上げた。

「ここにいる時は何も食べてないでしょ。やっぱりフルーツや昆虫ですか？」

血が主食なんて言えないので「まあ、そんなところだ」と暁は適当に返事をしている。

「今度、アルにエサをあげていいですか。りんごとか」

「それは遠慮する。……こいつは食い意地が張ってるから、食事量はセーブしているんだ。やればやるだけ食って、ぶくぶく太る」

アルはムッとした。自分はそんなに意地汚くない。たとえ嘘だとしても、そんなイメージを植えつけられるのは不本意だ。

「へぇ、蝙蝠にも肥満ってあるの？」

小柳が興味深そうに話に参加してくる。

「アルって日中はここの控え室にいるじゃないですか。家に帰ったら高塚さんの部屋でしょ。普通の蝙蝠に比べたら、ちょっと運動不足なのかもしれませんね」

津野までそんなことを言い出す。小柳が顎を押さえて「うーん」と唸った。

「そういえばアル、ちょっと太ったかな」

アルは「ギャッギャッ」と鳴いて激しく首を横に振った。吸血鬼になってから、体重は不変。完全なる誤解だ。

「違うって言ってるみたいだ。ハハッ、アルって面白いな」

室井が宥《なだ》めるみたいに頭を撫でてくれるけれど、アルは微妙に屈辱を感じた。

プルルッと内線電話が鳴る。津野がスッと立ち上がって受話器を取った。午後に処置予定のご遺体が届くには時間が早い。緊急の依頼かもしれない。

「高塚さん」

受話器の口許を押さえたまま、津野が振り返った。

「松村さんからです」

暁が「緊急か？」と聞くと、津野は「そうじゃないみたいですけど……」と曖昧に首を傾げる。暁は電話に出て、二言三言会話を交わした途端、渋い顔をした。

「そんな奴は知りませんね」

心なしか、声が刺々《とげとげ》しい。

「向こうは知っていても、こちらは覚えてないんですよ」

何かトラブルだろうか。アルも思わず聞き耳をたててしまう。松村さんが中座したのか、暁は受話器の口許を押さえて「冗談じゃない」と吐き捨てた。

「何か処置絡みのトラブルですか？」

小柳が心配そうに問いかける。

「仕事とは関係ない。学生時代の友人が、俺と話がしたいと言って受付に来てるらしい。アポもなしに、非常識な奴だ」

「職場にまで来るなんてよほどの急用なんじゃないの？　会ってあげちゃどうですか」

小柳はその友人に同情的だ。

「もし高塚さんの担当のご遺体が来たら、俺と室井君で殺菌、消毒とマッサージを先にしておきますよ」

津野も後押しする。それでも暁は頑として「会う」とは言わなかった。電話を切ったあと、程なくして松村さんが控え室まで来て「相手の方に土下座までされちゃって……

どうしても駄目かしら。高塚さん」と訴えてきた。

「ほら、やっぱり急用なんだよ」

小柳にもそう言われ、暁は本当に、本当に嫌そうだったけど「申し訳ないが十五分だけ話してくる……」とため息をついた。

暁の友達は忽滑谷しか知らない。ぜひとも他の友達にも会ってみたい！　という欲求に逆らえず、アルは急いで暁の肩に飛び乗り、ぴたりとくっついた。

暁は鬱陶しそうに「ここにいろ」と言ったけど、無視する。暁は摘《つま》んで引き離そうとするも、鉤爪《かぎづめ》を布に食い込ませているので簡単には外れない。アルがしつこかったのと「きっと寂しいんですよ」と津野に言われたことで諦めたのか、アルをくっつけたまま控え室を出た。

「お前、おとなしくしてろよ」

小声で注意され、アルは了解！　のつもりで「ギャッ」と小さく鳴いた。暁の肩にくっついて揺られながら、アルはわくわくしていた。暁の友達……怒りっぽい暁と付き合えるといったら、気が長くて、穏やかな男の人なんじゃないだろうか。いや、女性かもしれない。

エンバーミング施設には、相談室というのがある。ご遺体に対して、どういうことを希望されるのか……例えば体を綺麗にして、服を着せるだけでいいのか、それとも防腐処置まで施した方がいいのか、服、靴、髪形、メイク、棺の種類諸々、細かい打ち合わせをそこですることができる。けれど日本ではエンバーミング施設まで足を運んでエンバーマーに細かい希望を伝えるご遺族は少なく、ご遺体と生前の写真、それに服や靴といったものだけが運ばれてくるケースがほとんどだ。葬祭会館にエンバーミング施設が併設された形なので、葬祭会館のスタッフがご遺族に対応し、そこで話がすんでしまうケースも多い。暁は以前「俺たちに直接ご希望を伝えてもらった方が、イメージがわきやすいんだが……」と漏らしていた。

アルが暁の肩に乗って滅多に使われない相談室に入った時、その男はゴブランの布を張った上品な椅子の上にどっかりと腰を下ろしていた。容姿よりも何よりも真っ先に目についたのは、男の着ているアロハだ。柄が大胆でかっこいい。蝙蝠の時は視界がモノクロなので、色合いがわからないのが残念だ。暁のクロゼットは白か黒ばかりで柄物はない。ハンサムなんだから、もっと派手な服を着ればいいのにとアルは常日頃思っている。

「やぁ、久しぶり。十二年ぶりだな！」

男は満面の笑みで椅子から立ち上がり、自分たちに近づいてきた。背は暁よりも少しだけ低くて、横幅は一・五倍ぐらいある。太っているとまではいかないけど、かなり大柄。顎先にはやしたチョビ髭《ひげ》と、フレームのない眼鏡が印象的だ。顔は年相応だが、体型から発散される貫禄《かんろく》のせいで、暁よりも歳が上に見える。

「事前連絡もなしにやってきて、人が会わないと言っているのに散々ごね回る。傍迷惑《はためいわく》な上に自分勝手な性格は何年経っても改善されないようだな」

それは十数年ぶりに会った友達に対して発する言葉じゃなかった。暁の暴言には慣れているアルでさえ、呆気にとられる。こんな言い方をしたら相手が気を悪くして帰ってしまうんじゃないかとひやひやしたけど、男はそんな暁の二つ三つ上をいく大物だった。なぜなら、あからさまな暁の嫌味を大声で笑い飛ばしたからだ。

「うわっはっはっは……変わってねぇなぁ」

笑いながら男は膝を叩いている。暁の額にヒクリと青筋が立った。

「そうそう、お前は昔からそんな感じだったよ。空気を読まないで、ズケズケものを言っちゃったりな。この前の同窓会、忽滑谷に『会いたい』って伝言しておいたのに来なかっただろ。あいつも口の堅い奴で、何度聞いても連絡先を教えてくれない。けどエンバーマーなんてそう多いもんじゃないから、ちょっと捜したらすぐ見つかったけどな」

「酒入、さっさと用件を言え。時間がない」

暁は乱暴に顎をしゃくる。

「まぁ、慌てるなって。……それはそうと、お前の肩に乗ってるのって……」

酒入と呼ばれた男の右手はまっすぐ自分を指さしている。挨拶のつもりで、小首を傾げて精一杯可愛らしく「ギャッ」と鳴いてみた。

「うわっ、鳴いた」

酒入はビクリと肩を揺らした。

「こいつのことは気にするな」

「気にするなって、気になるだろ。ひょっとして蝙蝠か。どうしてそんなもんを肩に乗せてんだよ」

暁は肩のアルを忌々しそうに睨みつけた。だから控え室にいろと言っただろうと言わんばかりに。

「俺のペットだ」

「ペットっていったって、蝙蝠じゃないか」

「何を飼おうと、俺の勝手だろう」

酒入はフーンと相槌を打つと、おもむろにスマートフォンを取り出しこちらに向けた。

パシャリと音がする。

「おい、今何を撮った」

暁の眉間の皺がグゲッと深くなる。

「ペットの蝙蝠ちゃん」

「勝手に撮るな、消せ」

暁が前に進み出ると、酒入は慌てて椅子の後ろへ逃げた。

「ペットの写真ぐらいケチケチするなよ。蝙蝠を飼ってる男なんてまずいないから、ネタになりそうでさ。あぁ、お前の顔は入ってないから大丈夫」

この男、侮れん……とアルは思った。取りつく島のない暁を相手に、互角にやりあっている。酒入はスマホをジーンズの尻ポケットにしまうと「本題、本題」と呟いた。

「忽滑谷に聞いていると思うけど、実は俺、テレビのプロデューサーをやってんだよ。で、秋から『BLOOD GIRL まひろ』って漫画が原作で吸血鬼の女の子が主人公のドラマをやるんだ。その三話でエンバーマーが出てくることになってんだけど、お前ちょっと監修してくんない」

「嫌だ」

即答だった。酒入は「えーっ」と体を右にくねらせる。

「友達だろぅ、協力してくれよ。深夜枠の三十分ドラマだから、撮影や拘束時間も短いしさ。謝礼もちゃんと払うし」

「俺は嫌だと言ったはずだ。聞こえなかったのか」

話は終わったと言わんばかりに暁が踵《きびす》を返す。その背中に「意地悪するなよ」と甘えた声がかかった。暁が勢いよく振り返る。思わず振り落とされそうになり、アルは鉤爪に力を込めた。

「事前に連絡をして、こちらの予定を聞いて、順序立てて相談にきたなら聞いてやらんこともなかったが、お前は非常識すぎる。甘い顔をしていたら、どんどんと際限なくつけあがるだろ。高校時代、お前にかけられた迷惑を俺は忘れたわけじゃないからな」

酒入は「えーっ」と情けない声をあげる。

「けどさぁ、あれは本当だっただろ。お前がゲイ雑誌でグラビアモデルのアルバイトしてたっていうのは」

衝撃の発言に驚いて、アルは口をぽかんと開けた。

「気づいても黙ってるのが思いやりってモンじゃないのか」

暁が否定しないことに、二度驚く。ゲイ雑誌……暁は室井を拒絶していたのに、ゲイだったんだろうか。いや待て、暁はゲイだから室井を拒絶したんじゃなくて、もともと人に欲情しないからであって……。

「こんな面白いこと、黙ってられるかよ」

酒入が肩先をヒクヒクと上下させる。

「だからお前は無責任野郎なんだ。学校にばれたら俺は退学モノだったんだぞ」

「俺は先生にも仲間にも、グラビア雑誌に載ってたとは一言も言ってないぜ。お前が奨学生なのは知ってたし、グラビアの仕事も生活のためだって忽滑谷に聞いてたから、ゲイってネタだけ抽出して、うっかりみんなに触れ回っちまったってだけでさ。ほら、お前って無駄に顔がよくて美少年だったから、ゲイ疑惑もみんな納得したっていうか」

……アルは暁が酒入に冷たい理由がちょっとわかってきた。

「お前のせいで、俺は『兄貴になってほしい』『弟になってほしい』と書かれた不毛な手紙を何十通ももらう羽目になったんだ」

「男子校だったからなぁ。それも青春の貴重な一ページってことで。お願いだからぁ、受けてくれよ。監修」

「人の役に立つことはしたいが、お前の役に立つことはしたくない」

暁の本音と、短い沈黙。酒入は「そうだ、もう一つ頼み事があったんだよ」と手を打った。

「今回のドラマ、後半に吸血鬼が出てくるんだ。この前雑誌を見てたら、イメージにぴったりの外国人がいてさ。美形だけどちょっと古臭……クラシックな雰囲気で、いい感じなんだ。モデル事務所に問い合わせても、詳細は教えてくんなくてさ。けどそこの女社長にしつこーく食い下がったら、そのモデルは素人で、日本語を勉強しにこっちへ来てて、エンバーマーと同居しているってとこまでは教えてくれたんだ。そこで俺は思い出したわけだ。同窓会の時、忽滑谷がチラッと『暁は外国人と同居してる』って話してたのをさ。いくら東京広しといえど、外国人と同居してるエンバーマーなんて何人もいるわけがない」

「知らんな。別人だろう」

そっけなく暁は言い放つ。

「さっき廊下で会った若い子に『高塚さんて外国人と同居してるよね?』って聞いたら『そうみたいですね』って言ってたぞ」

暁は「チッ」と大きく舌打ちした。

「その外国人って、やっぱお前の恋人なの?」

「ただの居候だ。俺は昔も今も同性愛的な指向はない」

「そうは言っても、やっていることはゲイライフなんだよなぁ」

「お前と話をしていても時間の無駄だ、帰れ! 俺は監修もしないし、居候も貸し出さん」

するとそれまで横柄で好き勝手言っていた酒入が、急に声のトーンを落とし、顔の前で両手を合わせてきた。

「本っ当に頼むよ。……正直な話、このドラマって予算があんまり取れなかったんだ。もともと深夜枠だし、主演女優に張り切っていいのを使ったら、あとがカツカツになっちゃって。けど予算がないからって、いい加減なモノは作りたくない。外国人俳優もさ、事務所通すとけっこう高いから、お前の彼氏に直接交渉できるならそっちがお得かなって思ってさ~。あ、吸血鬼役っていっても、要所要所で立ってるだけ、台詞《せりふ》も一言二言だから高い演技力とか必要ないし。ま、イメージとか象徴みたいな感じだな」

こだわっていると言いつつ、素人を起用するなど微妙だ。しかも美形だけど古臭いと自分のことを言ってなかったか？　それはちょっと失礼だろう。

「予算がないのは、お前のこれまでの仕事を評価しての結果で、それが実力なんじゃないのか」

暁も容赦ない。酒入は「うわーっ、痛いところつくなよ」と頭を抱えた。

「業界にも色々な事情があるんだよ。高塚、頼むよう。俺を助けると思ってさ」

酒入はヘコヘコと頭を下げる。それでも暁の表情が変わらないとわかると、いきなりその場にしゃがみこみ、額を床につけた。まるで暁を神様みたいに崇《あが》めている。

「頼む、頼むよ、高塚。本っ当にお願いします」

暁の口許がピクリと引きつる。態度も、口調も、見た目も軽い酒入だけど、真剣な思いが伝わってくる。

「おい、顔を上げろ」

「お前がうんと言うまで、俺はここから動かない。一歩も動かないぞ～。二日でも三日でも土下座し続けてやる」

暁は腕組みし、困りきった表情でやたらと大きなため息をつく。そして「……一回だけだぞ」と、根負けしたようにぽつりと呟いた。

「やってくれるのかっ」

がばっと顔を上げた酒入の表情は、嬉々《きき》としている。

「そのかわり監修だけだ。葬祭の広報と話してみないと許可が出るかどうかわからんが、会社名がクレジットに入るなら問題ないだろう。それから俺の同居人は貸し出さん。これだけは絶対だ」

「えっ、いいじゃないか。もったいぶらないで、ちょっとだけ彼氏を貸してくれよ～」

暁はおねだり口調の酒入を指さした。

「あいつは彼氏じゃなくて同居人だ。誤解があるようだからはっきり言っておくが、俺はゲイじゃない。高校の頃も、今もだ」

「俺に隠し事なんてしなくていいぜ」

酒入は肩を竦める。

「男が二人で住んでたら、全員がゲイなのか。違うだろ」

「まぁ九割方はゲイだろうな～」

顎の髭をさすりながら、酒入はニヤニヤと笑う。

「それなら俺は残りの一割だ。どうしても同居人を貸し出せというのなら、監修もやめるぞ。この話はなかったことにする」

「わーった、わかった。監修だけでいい」

……結局、暁は酒入のドラマに、監修として参加することになった。雑誌で自分を見初め（それが旧友の知り合いだと知って、経費削減を狙っていたとしても）吸血鬼役に抜擢《ばってき》してもらえたのはちょっと嬉しい。日本のドラマにも興味はあったけど、出演となるとその露出は雑誌の比じゃない。雑誌モデルでもあれだけ怒っていた暁に、アルは「ちょっとテレビに出てみたいな」とは、冗談でも口にすることはできなかった。

監修云々の話が持ち込まれてから一週間後、暁のもとに『BLOOD GIRL まひろ』第三話の脚本が届けられた。酒入のお願いが、土下座も納得の相当切羽詰まったものだというのが傍で見ているだけのアルにもよくわかった。

暁は脚本を読んで「子供だましの内容だ」と頭を抱えていたけれど、処置室やＣＤＣルームの写真を何枚も撮って酒入に送っていた。現場に簡単なセットを作るのに必要らしい。器具については、施設で使っている古いものと、暁の私物をいくつか貸し出す約束をしていた。

撮影日、暁は午後からスタジオに入ることになった。葬祭会館の広報は、深夜枠とはいえエンバーミングが取り上げられ、そしてクレジットに社名が入ることを喜び、その日、暁は実質仕事を休むことになるけれど、特別に出勤扱いになるよう配慮してくれたらしかった。

　話が持ち込まれてから二週間後、七月も半ばを過ぎ、いよいよ明日が撮影というその日、クロゼットの中から、いつも処置室で見ている器具や、やたらとリアルな頭部のマネキンを取り出し、鞄《かばん》に詰めている暁の背後から、アルは勇気を持って「さつえい　みたい」と切り出した。

「駄目だ」

　こちらを見もせずに、即答。駄目だと言われることはある程度予測していたので、気を取り直してもう一度聞いた。

「どうして　だめ？　みるだけ」

「お前がスタジオに行くと悪目立ちする」

「ぼく　こうもり　ちいさい　めだつ　ない」

　暁は「あっ」と小さく呟いた。昼間の撮影時は蝙蝠になっていることを忘れていたらしい。

「じゃま　しない　みるだけ」

　暁の返答は遅い。焦《じ》れて、アルは暁のシャツの裾を引っ張った。

「ぼく　アクター　なりたい　かった　アクター　もう　なれるない　けど　すたじお　みたい」

しつこくお願いすると、渋々許してくれた。そのかわりスタジオ見学をしていいのは蝙蝠の時だけ、人間に戻る前に家に帰れと言われた。条件付きだけど、現場の雰囲気が味わえるのが嬉しくて、その晩はピクニックに行く前の日みたいにドキドキしてなかなか寝付けなかった。

撮影当日、午後二時三十分に撮影のある石川スタジオの駐車場に暁は車を乗り入れた。集合は三時だけど、せっかちな暁は時間より早く着いた。アルは暁の肩にぴったりとくっついたまま、きょろきょろと辺りを見回した。

スタジオは箱形をした灰色の建物で、街の真ん中にでんと建っていた。まるで大きな工場みたいだ。駐車場は地下と地上にあり、暁が誘導されたのは地上の駐車場だった。場所的にはスタジオの北側、三ヤードほどのコンクリートの塀の内側になる。それだけだとまるで刑務所のイメージで殺風景極まりないけど、低い背丈の木が塀に沿って等間隔に植えられているので、ちょっとホッとする。こちらが裏手になるのか、スタジオの側面には上から続く非常階段が見えた。

一階の入口らしき場所に行くと、暁の顔を見た若い守衛は不思議そうな顔をした。

「地下へ誘導してもらわなかったんですか？」

「こちらへ行けと言われましたが」

おかしいなぁ……とぼやきつつ、暁の差し出した通行証を見た守衛は「えっ」と声をあげた。

「あなた、技術スタッフなんですか？」

「そうなるのかな。何か不都合でも？」

あ、いや……と守衛は顔を赤くした。

「かっこいいから俳優さんかと思ってました、すみません。俳優さんは、盗撮や車への悪戯《いたずら》なんかのトラブル防止に、地下の駐車場へ誘導されるんですよ」

アルはふーんと感心しながら話を聞いていた。ふと守衛と目が合う。

「あの……肩のそれって蝙蝠ですか？」

暁は些《いささ》かうんざりした顔で「そうです」と答えた。

「えっと、生き物の持ち込みは原則禁止なんです」

あぁ、と面倒くさそうにぼやいた暁は「今日の撮影で使う小道具なんです」と嘘をついた。アルは「ギャッ」と心持ち高音で可愛く鳴いて愛想を振りまいてみたが、若い守衛には通じなくて、気味の悪そうな顔をされただけだった。

入口を通った暁は、エントランスの案内板で場所を確かめ、撮影のあるスタジオへと向かった。待ち合わせの十五分前で酒入はまだスタジオにおらず、スタッフらしきTシャツの人だけが慌ただしく行き来していた。

物珍しくて、アルは周囲をきょろきょろと見渡した。スタジオは一辺が十七ヤードほどの長さで、壁は白い。天井がとても高くて、ライトが沢山つり下がっている。アルが見ている間に、向かいの大きな引き戸から、どんどんセットらしきものが運びこまれてきて、オモチャを組み立てるように室内が出来あがっていく。

「そこの人、撮影はまだだよ」

背後から声をかけられ、暁が振り返った。五十歳前後の男が、タオルで額を拭きながら近づいてくる。短髪で細身、眼鏡をかけた男のTシャツの胸許は、じっとりと汗ばんでいる。

「ここにいても邪魔になるだけだし、控え室にいた方がいいよ。出番になったら声がかかるはずだから」

「道具係の責任者の方はいますか」

「責任者？　って……俺だけど」

男が怪訝な顔をする。

「今日のセットの監修を頼まれた高塚です。プロデューサーがまだ来てないですが、先にご挨拶をさせてもらってもいいですか」

「あんた、役者じゃなかったの？」

暁は「監修です」と声にやや力を込める。

「整った顔をしてるから、役者だとばかり思ってたよ。監修が入るって、酒入さんから話は聞いてる。確か葬儀屋さんなんだよね」

「……葬儀屋と仲はいいですが、根本は違いますね」

暁は道具係の責任者、大林《おおばやし》について、引き戸の向こう……スタジオの裏手に回った。そこは巨大な物置場で、壁のセットやソファ、絨毯《じゆうたん》、本棚……ありとあらゆるものが雑然と並べてあった。スタジオは区切られているけれど、バックヤードはワンフロアになっている。

暁が大林の質問攻めにあって退屈なので、アルは肩から飛び立って周囲を見て回った。洗濯機や冷蔵庫、自転車、観葉植物まである。この倉庫だけで生活していけそうな雰囲気だ。

アルはあまり人に見られないよう、天井の近くを飛んだ。隣のスタジオがどうやら撮影真っ最中らしく、引き戸が開いた隙に中に忍び込んで、天井近くにある鉄パイプにぶら下がった。アルに気づいたスタッフもいて、こちらをチラチラ見ている。気になっていたんだろうけど、高い場所でおとなしくしていたら追い払われなかった。

何台もカメラを使って、色々なアングルで一つの風景が撮られる。カット、の声が繰り返し響く。最初は興味津々だったそれも、三十分もするとちょっと飽きてきた。順番通りに撮影するわけじゃないから、見ていても話の流れがよくわからないし、女の人が互いを罵り合うドラマはちょっと怖い。

アルは引き戸が開いた隙に物置場に出て、暁が監修するドラマのスタジオへと戻った。そこはまだセットを作製中で、引き戸も入口ドアも開きっぱなしなので、自由に行き来できる。隣を見学している間に、スタジオの中にはアルがいつも掃除をしている処置室をもっと狭くして、真ん中で切ったみたいなセットが出来あがっていた。エンバーミングマシンも本物を持ち込んでいる。

「うわっ、上に何かいるぞ。鳥か？」

ここでもスタッフに見つかってしまった。「何だ、何だ」と人が集まって、ちょっとした騒ぎになってしまう。天井を見上げた暁はチッと舌打ちして、ひょいひょいと手招きした。アルはまっすぐ暁に向かって飛び、肩にぴたりとはりつく。周囲のスタッフから「ほーっ」と感心したような声が漏れた。

「すみません、俺のペットなんです。皆さんの邪魔はさせませんから」

そう言って、暁はアルを肩に乗せたままスタジオの隅へと移動した。

「……お前、もう帰れ」

アルは首をフルフルと横に振った。スタジオの中は面白い。他のところも見て回りたい。

「人も目立つが、蝙蝠も目立つ。それにお前がいるとみんなの気が散る」

結局、アルはスタジオを出てすぐのところにある廊下の窓からポイと外へ放り出された。スタジオにいられたのはほんの一時間だけ。日没まであと三時間近くある。もっと他のところも見て回りたかったなぁ〜と未練がましくスタジオの外をぶらぶらと飛んでいたら、三階に開いている窓を見つけた。

何の部屋だろうと気になって近づき、覗いてみる。そこは部屋の半分に十枚ほどの畳が敷かれていた。西の壁には周囲がライトで囲われた大きな鏡がいくつもあり、手前は奥行が浅い横長のテーブルになっている。畳の上にも脚の短い大きなテーブルがあり、その上には小学生が入れそうなほど大きな鞄がでんと置かれている。東の壁際には、服のかけられたハンガーも見えた。

ここは役者の控え室だろうか。アルは誰もいないのをいいことに、部屋の中に入った。ふんわりと甘い匂いがする。ここを使っているのは女の人のようだ。トイレやシャワーもあって、なかなか快適そうだなと思いながら、アルは畳の上でごろんごろんと転がってみた。暁の家はフローリングなので、床は硬い。葬祭会館の方に畳を敷いた控え室があるので、たまに忍び込んでごろごろしている。この草の匂いが何ともいえず好きだ。

「最低っ」

そんな声と同時に、ばんっとドアが開いた。驚いたアルは慌ててテーブルの下、脚の後ろに身を潜めた。涼しげなワンピースを着た美しい少女が部屋に入ってくる。十五、六歳だろうか。背はそれほど高くない。手足はすらりとして長く、まっすぐな髪は背の中ほどまである。リスのように目がくりっとして大きく、黒目がちで睫毛《まつげ》が長い。

「前に誰が使ってたか知らないけど、気持ち悪いの。あんな髪の毛が落ちてる化粧台なんか使いたくないっ」

とっても可愛い美少女は、部屋に入ってきた瞬間からわめき散らしていた。

「それにここのスタジオっていつも湿っぽい匂いがしてるし。大っ嫌い！」

少女の後から、白シャツに黒いパンツ姿の真面目なアナウンサーといった雰囲気の女の人が入ってくる。髪をねじってとめあげ、フレームのない眼鏡をかけている。歳は二十代半ばぐらいだろうか。細身で清潔感はあるも、少女と比べると全体的に地味な印象は拭えない。

「もう大丈夫よ、優香。控え室を替えてもらったから。こっちは化粧台も綺麗だし、変な匂いもしないわ」

優香という名前らしい美少女は、周囲を見回したあと「暑い」と口許を歪めた。

「あっ、ごめんなさい。念のためにと思って、空気の入れ換えをしていたの」

話の雰囲気からして優香が女優、地味な女性がマネージャーかな？　と思っているうちに窓が閉められた。アルはしまった！　と青くなる。出ていきそこねて、部屋に閉じ込められてしまった。

冷房が入ったのか、エアコンからゴーッと大きな音がする。

「撮影まであと一時間ぐらいあるわね。もう少ししたらメイクさんが来るから、先に衣装に着替えておきましょう」

地味な女性が促す。畳の上に膝を抱えて座った優香は、ハンガーにかけられた服をちらりと見た。

「あれ、かっこ悪い」

「そう? 変わったデザインの制服だけど、可愛いと思うわよ。原作の通りよね」

「シュミ悪い」

優香はハーッとため息をついた。

「安藤《あんどう》さん、センスない。男のシュミも変だし」

優香に見つめられ、安藤と呼ばれた地味な女性は「えっ」と驚いた顔をした。

「事務所の岩原《いわはら》と付き合ってるんでしょ。あの人、もうすぐ四十よね。あんなオッサンのどこがいいの?」

安藤は苦笑しながら「優しい人なのよ」と答えた。優香は「バッカみたい」と肩を竦める。そして思い出したように立ち上がり、トイレに入った。

優香がいなくなったあと、安藤はふーっとため息をついた。わがまま女優のおもり役をさせられてる、気苦労の多いマネージャーといったところだろうか。安藤はもう一度トイレに視線をやってから、スマホを鞄から取り出した。開いたところで、手が滑ったのかゴトッと畳の上に落とす。待ち受けの画面が見えた。ちょっとふっくらして、人のよさそうな男の画像。これが安藤の彼氏だろうか。

細い指がスマホを拾い上げ「あらっ？　この黒っぽいのは……？」と呟きながらテーブルの下を覗き込んでくる。……目が、合った。

「きゃあああああっ!!」

甲高い叫び声に、アルは慌ててテーブルの下から這《は》い出した。安藤は部屋の隅に逃げると、怯えた目でアルを見ている。

ドンドンッとドアを叩く音がした。

「メイクの井ノ原《いのはら》です。どうかしました？　大丈夫ですか」

ドア越しに声が聞こえる。

「へっ、へんな動物が……」

「よくわからないけど、入りますよ。いいですか」

ドアが開く。チャンスだ。アルは開かれたドアの隙間から、猛スピードで廊下へと飛び出した。大きなメイクボックスを抱えた女の人が、頭の上を弾丸さながらに飛び去った蝙蝠に「きゃっ」と声をあげる。

みんなをびっくりさせて申し訳なかったなぁと思いつつ、アルは外へ出られるドア、もしくは窓を求めてふらふらと飛んだ。これ以上、人を驚かせる前に家に帰ろう。暁に見つかったら大目玉だ。

幸い、廊下に人はいなかった。突き当たりまで飛んでみるも、そこは非常口になっていてドアも閉まっている。廊下の端から端まで飛んだけど外へ出られるような場所はなく、仕方なく階段の上を飛んで二階まで降りた。こっちはぽつぽつと人が行き来している。人がとぎれるのを待って長い廊下をチェックするも、ここも出られそうな場所はない。一階まで降りてしまうと暁に遭遇しそうなので、できたらこの階から脱出したい。

バタンとドアが開き、男の人が慌てて廊下を走っていくのが見えた。こちらに背を向けているので、蝙蝠には気づいてない。男の人が出ていった部屋のドアは半開きのままだ。窓が開いてないかな……と、そっと中に入ってみた。

そこは優香という女優がいた部屋の二倍ほどの広さがあった。壁際に鏡と椅子のセットが五組、その背後に畳を八枚敷いたスペースがある。大部屋かもしれない。そして残念ながら、窓は開いてない。アルはフンフンと鼻をヒクつかせた。気のせいだろうか、ここは男臭い気がする。

部屋を出ようとしたまさにその時、ドアが開いて人が入ってきた。しかも入ってくると同時に後ろ手でドアを閉めた。車は急には止まれないし、蝙蝠も止まれない。アルはドガッとドアに体当たりして床に落ちた。……衝撃で全身が痺れて、目がぐるぐる回る。

「うわっ、何だこれ！」

羽の先っぽを摘んで引き上げられた。ぞうきんみたいに左右の羽がだらっとのびる。頭の中は打ちつけた余韻でワンワンして、声も出ない。自分を覗き込んでいるのは、Tシャツに中途半端な長さのパンツ姿の若い男だ。歳は二十歳前後だろうか。短い髪、切れ長の目に高い鼻。彫りは深くないけど、すっきりとした顔立ちをしている。こういう雰囲気の日本人は、着物が似合いそうだ。

「おーい、生きてるか?」

ぶつけた頭をつんつんと指先でつつかれる。ズキズキと響いて痛い。やめて、のつもりで「ギャッ」と鳴くと男は「うわっ」と声をあげた。

男はアルの顔や体を物珍しげに覗き込む。痺れや目眩《めまい》がようやくおさまってきたのに、変な風に羽を摘まれているから、飛ぶことができない。

「ギャッギャッ」

嫌がっているそぶりを表現しようと右に左にと体を捻っていたら、今度は背中から脇腹にかけてがしっと鷲掴みにされた。これじゃいくら羽を動かしても、飛べない。

コンコンと軽やかなノックのあと「おつかれさまでーす」の声と共にドアが開く。出ていく絶好のチャンスに、アルは羽をバタつかせて身悶《みもだ》えた。

「こらっ、暴れるな。おとなしくしろって」

両手を使って、羽の動きまで封じられる。

「三谷《みたに》くん、それ何？」

　怪訝な顔でアルの顔を覗き込んできたのは、顎にうっすらと髭を生やした背の高い男だ。歳はアルを捕まえている男よりも四、五歳上だろうか。美形ではないけれど、帽子にTシャツ、ジーンズ姿とシンプルな服装がやたらとおしゃれに見える。男はアルミの四角いバッグを左の肩にかけて、黒い鞄を右手に持っていた。

「楽屋のドアにぶつかってきたんだ。どこから入ってきたんだろ」

　アルを捕まえている男は、どうやら三谷という名前らしい。

「それって、蝙蝠だよね」

「多分。ちょっと面白くない？」

「面白いっていうか、俺はわりと駄目。その手の生き物」

　三谷がアルを目の前に突きつけると、顎髭の男は「キャッ」と両手を胸の前でクロスさせて後ずさった。「ハハッ」と三谷が笑い、男は恥ずかしそうに顔を赤らめて「ふざけないでくださいよ」と肩をいからせる。

「遊んでないで、メイクするよ。……あれっ、今日の衣装ってそれ？」

　三谷は首を横に振った。

「これは自前。まだ衣装さんからもらってないんだ。忘れてるのかな？」

　ドンドンッと激しくドアが叩かれる。

「すみません、衣装です。入っていいですか」

化粧っ気のない若い女の子が、服を抱えて飛び込んできた。

「遅れてすみません。直しが重なっちゃって……よろしくお願いします」

テーブルの上に服を置き「本当にすみません」と言い残し、慌ただしく出ていく。

「忙しそうだね、衣装さんも」

顎鬚の男が気の毒そうな表情で閉じられたドアを見つめる。アルはちらっと衣装を見たけど、普通のシャツとズボンだ。衣装というからにはキラキラしたのを想像していたのでちょっとがっかりする。

「すぐに着替えるからさ、町田《まちだ》さん、その間だけこの蝙蝠を持ってて」

顎鬚、町田は「えーっ」と情けない声をあげた。

「俺、本当にそういう生き物系って無理なんだって。絶対に触れない。もう窓から放しちゃったら」

アルはコクコクと頷く。

「俺、この蝙蝠を持って帰ろうかなと思って」

「連れて帰ってどうするの。飼うつもり？」

「蝙蝠がペットって面白くない？　この前プロデューサーがさ、友達が飼ってるんだって言って蝙蝠の写真を見せてくれたんだ。すごく頭がいいらしいよ」

町田は「マニアだなあ、三谷君は」と頭を掻いた。

「ホラーとかスプラッター系の映画が好きとか言ってるし」

「ねえねえ、着替える間でいいから持っててよ」

町田は「うーん素手で触るのはなあ……」と低く唸って腕組みしたあと「あっそうだ」と、鏡の前に置いていた鞄から何か取り出した。布袋だ。

「これ使ってないからあげるよ。中に入れといたら」

「サンキュー、町田さん」

ちょっと待って、待って！「ギャッギャッ」と抵抗も虚しく、アルは小さな布袋の中に押し込まれて絞り口をキュッと閉じられてしまった。

「ギャッギャッ!!」

鳴いても喚《わめ》いても袋の口は開かない。駄目だと悟ったアルは袋の中でがっくりとうなだれた。あと二時間もしないうちに日が落ち、人間に戻ってしまう。その瞬間を見られたら、大騒ぎになる。目立つことを嫌がる暁が、額に青筋を立てて怒る姿が目に浮かぶ。暁に怒られるだけならまだましだ。警察に通報されてしまったら……落ち込むアルの耳に、袋の外の三谷と町田の会話が聞こえてきた。

「三谷君っていい髪質しているよね」

「そう？」

「セットしやすくて、助かる。あ……ちょっと上向いててね。……そういえばさ、今日から新しい男優さんが撮影に加わったりするのかな？」

「んーどうだっただろ」

「来る時に撮影スタジオの前を通ったら、一スタにシャツに黒パンツってシンプルな服だったんだけど、すごく美形の男優がいたんだよね」

「へえ」

町田の声が心なしか興奮して聞こえる。

「歳は二十五過ぎぐらいかな。すごく雰囲気があってさ。ああいう顔って一度見たら忘れないのに、記憶にないんだよね。新人かな」

「それって吸血鬼役の人かも。新キャラっていったらそれぐらいだし」

「吸血鬼のイメージにぴったりだよ。少し癖のある黒髪で、冷たそうでさ」

美形、癖のある黒髪……何だか暁のことを話しているような気がする。

「吸血鬼役って、ほとんど台詞がないんだよ。その人の撮り、俺より後のはずなんだけど、もうスタジオ入りしてるなんて気合い入ってるなあ」

ハハッと町田は笑った。

「俺、古い洋画とか好きなんだよね。メイクとかファッションが面白くってさ。その男優って、誰かに雰囲気が似てるなーってずっと考えてて、さっきやっと思い出したんだ。

「三谷君さ、田村華江《たむらはなえ》って女優知らない？」

　アルは袋の中で「ギャッ」と鳴いた。最初に暁と会った時、アルもどこかで見た顔だなと思った。そう「ハナエ　タムラ」に似ているのだ。やっと答えにたどりついた。黒い瞳に黒い髪、エキゾチックな雰囲気でアジア系のハナエは主演作こそないものの、有名監督に愛された名脇役だった。

「ごめん、聞いたことない。不勉強だなあ、俺」

「あ、知らなくても無理ないと思うよ。日本での映画出演作はなくて、活動の拠点がアメリカだった人だし。けどすごく存在感のある女優でさ。その人に雰囲気が似てるんだよ」

　三谷は「ふーん」と相槌を打っている。

「あとでいいからさ、その吸血鬼役の男優さんの名前、教えてくれないかな」

「そこに台本あるから見てみようか」

　パラパラと紙を捲る音が聞こえる。

「ジャック・ヴァレロ」

　町田が「えっ」と驚いた声をあげる。

「日本人じゃないの？」

「外国人だと思うよ。台詞も少ないし。俺、ずっと外国人の話だと思って聞いてた。日本人みたいな名前の女優に似てるって聞いて、変だなって思ってたけど」

「じゃ外国人なのかな。確かに彫りの深い顔はしてたけど……」

「町田さん、その人ってスタッフだったんじゃないの？　三時に来てたっていうのも、早すぎるしさ」

「けどすっごく人目を引く美形だったんだよ」

二人はその後もベラベラと絶え間なく喋り続けた。とても仲がいいらしい。ドライヤーや、細かなカチャカチャという音がしばらく続いたあと「じゃまたスタジオでね」という声の後にドアが開閉する音が聞こえた。町田は出ていったらしい。三谷の準備は整ったようだ。

それなのに、三谷はアルを袋から出してくれなかった。蝙蝠のことなど忘れてしまったのか、ブツブツと独り言を言っている。台本を読んでいるのかもしれない。

練習をしているなら邪魔をして申し訳ないけれど、こちらも切羽詰まっている。このままだと、小さな袋を破って人間になってしまいかねない。アルが「ギャッギャッ」と繰り返し鳴いていると、袋がゆらゆら揺れた。トンとどこかに置かれ、バタンとドアが閉じられる。

「ギャッギャッギャーッ」

微妙に反響する声。ここはシャワー室か？　うるさく鳴いていたせいで、狭い場所に閉じ込められてしまったんだろうか。これじゃ布袋から出られても、シャワー室の外へは無理だ。アルは、布袋の中で「ギャーッ……」と小さく鳴いた。

日が落ちて体に変化がおこりはじめた時も、アルの状況は布袋に入れられたままだった。バリッと布袋を引き裂いて人の形になったあと、周囲を見回す。やっぱりシャワー室だ。そっと取っ手を引いてシャワー室から脱衣所へと出る。タオルがあったので、とりあえず最低限のマナーとして一枚腰に巻きつけると、脱衣所のドアに耳をぴたりとくっつけて控え室の様子を窺った。三谷は随分前に部屋を出ていった気配があった。それでも念には念を入れて確かめる。

何の物音もしない。息遣いすら。大丈夫、確信してアルは控え室に出た。体が変化する際、誰にも見られなかったのは幸いだったし、人になったので部屋の行き来が自由にできるようになった。問題は服だ。腰にタオル一枚だけで歩いていたら、食品工場の時のように通報されて警察に捕まってしまう。

部屋の隅に、三谷の着ていたTシャツとパンツがある。あれを借りたい。だけど無断で借りたら泥棒だ。とはいえ服がないとどこへも行けない。そうだ、人の服を借りたとしても返せばいいのだ。一度家に帰って着替えて、借りた服を返しにくる。……それはいいがどうやって家に帰る？　まずもって電車に乗るお金がない。歩くという手もあるが、何時間かかるかわからない。

とりあえず一度服を借りてスタジオまで行き、暁に事情を話す。撮影が終わるまで拘束されると言っていたので、まだ下にいるだろう。すごく怒っても、きっと何とかしてくれる。アルがガンガンに怒鳴られる覚悟を決めた時、廊下から騒々しい足音が近づいてきた。

人が来る。この部屋に入ってきて裸の自分を見たら、おかしな人だと思うに違いない。けど服がない。アルは咄嗟《とっさ》に三谷の服を掴み、脱衣所へ飛び込んだ。

ドアが開き、乱暴に閉じられる音がする。

「まったく、冗談じゃない！」

苛立った男の声が聞こえる。少し掠《かす》れた声だ。アルは物音をたてないよう、三谷の服を身につけた。

「新人が来なくて撮影が中断なんて信じられん。いったいどこの事務所の役者だっ」

「桜井《さくらい》さん、落ち着きなよ。事務所も連絡取れないって言ってたから、事故かもしれないし。それに俺、今日は他に仕事もないから待つのは平気だよ」

相手を宥めている声は三谷。掠れた声の主は桜井というらしい。アルが脱衣所に持ち込んだのは、三谷の服。本人の前で、本人の服を着て出ていけるはずがない。絶対に見つかるわけにはいかない。

「俺よりも神保さんが可哀想だよね。彼女、次の仕事があるから、本人もマネージャーもかなり苛々してたし」

「ケツカッチンってことか。来ないなら来ないで、プロデューサーもさっさと代役を立てればいいんだ」

「いくら台詞がほとんどないっていっても、外国人の代役って急には難しいんじゃないかな」

「お前はどうしてそんなに暢気《のんき》なんだ。迷惑をかけられてる当人なんだから、マネージャーの俺よりもっと怒っていいんだぞ」

「怒れって言われても、別に腹も立たないし。桜井さんがピリピリしすぎなんだよ」

ゲームでもしてよっかな〜と呟いた三谷が「あれっ？」と首を傾げた。

「俺の服がない」

呟きに、アルは心臓が口から飛び出すかと思うほどドキリとした。

「ここに置いてあったのがなくなってる。おかしいな」

「ロッカールームで着替えなかったのか」

「衣装が届くのが遅かったんだ。メイクさんはもう来てたし、ロッカーに行くのも面倒くさくて……探してみる」

隣にあるトイレの扉がバタンと音をたてる。次はここだ。控え室にトイレと脱衣所の他に扉はない。アルは思わずドアノブにしがみついてしまった。

「あれっ？　ドアが重い」

思いきり引っ張られてドアが開きそうになり、アルも渾身《こんしん》の力をもって引き戻した。

「バスルームに誰かいるっ」

三谷が叫び「何だとっ」と桜井が怒鳴る。そしてドアを引っ張る力が急に強くなった。きっと桜井が加勢しているのだ。二人で引っ張る力には到底抗《あらが》えない。体が大きく揺れ、アルはドアノブにくっついたまま控え室へと飛び出した。

三谷の服を着たまま、現行犯で床の上にしゃがみこんだアルを、三谷と四十代の強面《こわもて》の男が驚いた顔で見下ろしている。

「……がっ外国人？」

強面の男がぼそりと呟く。アルは両手を祈るように組み合わせた。

「ごめん　なさい　ふくない　これ　かりるした」

見下ろす三谷の目が、驚きから微笑みに変化した。

「ひょっとしてその服、衣装と勘違いしたのかな。あなた、ジャック・ヴァレロさんですよね」

「ぼく　ちが……」

返事をする前に、強面の男に腕を摑まれた。男はアルを強引に廊下へ引きずり出して「外国人の役者がいたぞー」と大きな声で叫んだ。

アルは男女二人ずつに取り囲まれ、わけがわからないまま控え室へと引き戻された。服を脱がされ、どうして下着をつけてないのと怒られ、白シャツにタキシードを着せられる。アルが「ぼく　ちがう」と訴えても「いいから黙って！」と口を封じられる。周りが恐ろしいほど殺気だっていて、話を聞いてもらえる雰囲気ではなかった。

「ちょっと、これって衣装が小さいんじゃないの。ボタンが留まんない。ちゃんとサイズ合わせしたんでしょうねっ」

「してないわよっ。あとからキャスティングされたから、最初の衣装合わせに来てなかったし。時間がなかったから、事務所からの情報だけで準備したの。ボタンが留まらないならそのまま縫いつけなさいよ。時間ないんだから」

誰かが怒鳴るたび、その激しさにアルはビクビク震える。そして観念した。とりあえずこの流れに身を任せて、周囲が落ち着いてから自分の事情を説明するしかない。

「目が灰色か。中途半端だな。吸血鬼役は黒って言ってなかったか」

「カラーコンタクトがあっただろ。それを使えよ。早くしないと、優香ちゃんはもう限界だぞ」

アルはタキシードを着せられてメイクを施されると、サイズの合っていない窮屈な黒い靴を履かされ、黒髪のウィッグを上からガバッとかぶせられた。

「準備、オッケーです」

ようやくメイクと衣装係の手が止まる。アルが「ぼく……」と説明しようとしたその時、「こっち、こっち。急いで」と三谷に腕をとられた。

「あの　でも」

「とりあえず走って」

三谷に誘導されて、アルは走った。階段を駆け下り、長い廊下の先に見えてきたのは第一スタジオ。アルは冷や汗が出そうになった。俳優でもないのに衣装をつけて、メイクをしてるというのはおかしくないだろうか。絶対におかしい。あそこに入った途端、取り返しがつかないことになりそうな気がする。アルがスタジオの入口手前でぴたりと足を止めると、三谷が「どうしたの？」と聞いてきた。

「ぼく　いく　いや」

「大丈夫。誰にだって、間違いやトラブルはあるんだからさ」

「ぼく　アクター　ちがう」

自分たち二人に気づいたのだろう、スタジオの中のスタッフが「ジャックさんと三谷さん、入りますー」と大きな声をあげた。

ぐずぐずしていたアルは、若いスタッフに両脇を抱えられて、ライトが煌々と光るスタジオのド真ん中に引きずり出された。沢山のスタッフ、役者から一斉に刺し殺されるかと思うほど鋭い視線が注がれる。特に右端で椅子に座っている美少女、優香の視線は凄《すさ》まじかった。

「時間がないんで、そのままリハ入ります。シーン34、まひろ、義人、吸血鬼キーガン入ってください」

優香と三谷が右手にある処置室のセットに入る。

「キーガン役も早く入って！」

誰かが苛々と急かす声。

「ぼっ、ぼく　ちがう」

「いいから、とにかくセットの中に行ってよ！」

アルは周囲を見渡し、唯一の味方を捜す。いた！　スタジオの隅に立ち、腕組みしたままこちらを見ている。アルは暁に向かって駆け出し、その体にガバッと抱きついた。

「あきら　たすけて」

「やっぱりお前かっ！　姿も声も似てて、おかしいと思ってたんだ。俺は家に帰れと言っただろ！　こんなところで何をしてるんだっ」

「だ、だ　だって　だって」

アルはもう涙目になっていた。周囲がザワザワと騒がしくなる。派手なシャツを着たディレクターの酒入が、騒ぎの中心の自分に近づいてきた。

「高塚、お前ジャックさんの知り合いなのか？」

暁はアルを引き剝がし、かつ丸めた台本で頭をバスッと叩いてきた。ウィッグのガードがあって痛くないけど、衝撃はある。アルは頭を抱えたままその場にしゃがみこんだ。呆気にとられている酒入を、暁は睨みつけた。

「酒入っ、俺は同居人は貸し出さないと言ったはずだぞ。これはどういうことか説明しろっ」

食ってかかる暁の迫力に、酒入はジリッと後ずさる。

「わっ、わけわかんないんだけど。ジャックさんってお前の同居人だったのか？」

「こいつはジャックなんかじゃない！　お前、ディレクターのくせに俳優の顔も覚えてないのかっ！」

「そっ、そんなこと言ったって写真で一度しか見てないんだよっ」

酒入は途方に暮れた顔でうずくまるアルを見下ろした。

「えっと……君は、ジャックさんじゃないの？」

「ぼく　ちがう」

「お前もお前だ！　間違われているとわかったら、どうしてその時に違うと説明しなかった！」

ところ構わず落ちる暁の雷。アルは頭を抱えて余計に小さくなった。

「ちがう　いった　みんな　こわいかった」

「何が怖いだ、このクソ馬鹿っ！　ちゃんと説明しないでそんな格好で出てくるから、余計に紛らわしいんだろうがっ」

周囲は「役者じゃないのか？」「どういうこと」とザワザワとざわめきはじめる。

「……そういえば、衣装のサイズが全然合わなかったな」

鬼気迫っていた衣装係の女の子がそんなことを言い出す。

「吸血鬼役は目も髪も黒いって聞いてたけど、髪の毛は茶色だし、目もグレーだったな」

メイク係もぽつりと呟く。だから違うと言ったのに、今頃になって……アルはちょっぴり切なかった。

「別人だって」

「じゃあどうするんだよ」

「本物の役者は？」

……困惑した空気の中、現場にスマホの着信音が響いた。スタッフらしき若い男が出て、数秒後に「えーっ」と周囲に轟《とどろ》くような悲鳴をあげた。

「ディッ、ディレクター、大変です。あの……」

スマホを片手に、スタッフの顔は青ざめている。

「なんだ、どうした」

「ジャック・ヴァレロさんがこちらに向かう途中でバイク事故に遭ったそうです。今マネージャーの方から連絡が……」

「どうしても駄目か、来られないか」

「足を骨折してるみたいで、動けないと」

酒入はくるりと振り返り「その彼を貸してくれっ」と暁に向かって頭を下げた。

「駄目だ、貸せんっ」

暁は即答する。

「そんなこと言うなよっ。怪我したジャックさんのかわりに、ちょっとでいいんだよ。今回は台詞もナシでいいからさ。頼むよ、助けると思って……」

「こいつはテレビには出演させない！　何万回も言ってるだろうがっ」

「俺とお前の仲じゃないか。頼むよ」

酒入が媚《こ》びるようにくねっと体を捻る。

「俺はお前と馴れ合った記憶はない」

「頼むよ、お願いだよ。彼さえ出てくれたら、この場が丸く収まるんだよ。もうメイクも衣装もばっちり決まってるじゃないか」

「こっちにだってこっちの事情ってもんがあるんだっ！　全てが自分の思い通りになると思うなっ」

「俺からも、お願いしますっ」

酒入の横から、電話をしていたスタッフが頭を下げた。

「女優さんのスケジュールがギリギリなんです。もし延期になったら、今回集まってもらった役者さんをはじめ、道具係、照明、衣装スタッフ全員に迷惑をかけてしまうんです。助けると思って、お願いしますっ」

お願いします、と他のスタッフからも声がかかる。

暁の頬がヒクヒクと引きつっている。返事をしないのは、迷っているからだ。厳しいけど人一倍情がある暁。露出させちゃいけないという思いと、すがりつくようにお願いしてくる周囲の空気の中で葛藤している。

「ぼく　だいやく　やる」

「ほっ、本当かいっ」

アルの言葉に、酒入の顔がパッと明るくなった。

「ウィッグ　くろ　め　くろ　きっと　わかるない」

暁は腕組みをしたまま「うーっ」と唸った。

「ほら、お前の彼氏もそう言ってるんだし、ここにいるスタッフ全員を助けると思って、なっ、なっ」

「本当に、本当にお願いします」

スタッフやディレクターのお願い攻撃を受けて、暁の眉間の皺はググッと深みを増す。固唾を呑《の》む雰囲気の中、暁が苦しげに「今日だけだ」と口を開いた。

「……今日だけこいつを出演させてやる。そのかわりメイクの変更を希望する。瞼とノーズのシャドーを濃くして、頬骨のラインを強調させろ。もとがわからんぐらい作り込めっ」

「おっ、恩にきるよっ」

酒入は跳び上がって喜び、スタッフが慌ただしく動き出す。その場でアルのメイクの修正をはじめたメイク係は「あの人さぁ、随分とこっちにも詳しいみたいだけど何者?」と横目でチラリと暁を見た。エンバーマーは、高いメイク技術を要求され、そちらの方面にもかなり精通しているということは、あまり知られていないようだった。

顔が変わるぐらい厚塗りされた上で、アルは再びセットの中に入った。代役なので、台本も変更されて台詞はない。外からスタッフの出す指示に応じて、意地悪そうな顔でニヤリと笑うだけだ。この指示をもらう際に初めて、自分が悪役だということを知った。

最初にスタジオに入ってきた時は、自分を睨み殺さんばかりだった優香だが、セットの中でアルと目が合うと「プッ」と口許に手をあてて笑った。白い指の小さな手だ。

「綺麗な顔をしてるのに、面白いの。あんなに頭叩かれて、痛くなかった?」

「いたい　かった」

優香は「ははっ」と笑ってセットの中に立った。簡単なリハーサルを終えた途端、アルは妙に緊張してきた。成り行きとはいえ、これがテレビデビュー。最初で最後の俳優としての演技だ。暁の肩に乗ってスタジオに入った時は、こんな展開になるなんて想像もしていなかった。無意識に暁の姿を捜してしまう。だけど酒入の隣でじっとモニターを覗き込んでいて、こちらを見てくれない。ちょっと手が震えてきた。

「あなたは素人なんだから」

背後から優香の声が聞こえた。

「少しぐらい失敗したって、仕方ないいんじゃない」

その言葉で、肩の力がスッと抜けた。気持ちがちょっと楽になる。ありがとう、と言おうとしたけど、優香はフッと顔を背けて正面を向いてしまった。

「じゃいきましょう。本番、用意」

スタートの声で優香が台詞を喋り、三谷がそれに答える。急に照明が落とされ、辺りが暗くなる。アルにバッとライトが当てられた。スタッフの合図を横目に、アルは自分が思う、とびきりの悪役顔をつくってニヤリと笑った。

暁に監修を頼みにきた時からある程度はわかっていたけれど、酒入は懲りない性分の上にしつこく、かなり図々《ずうずう》しかった。

『BLOOD GIRL まひろ』は深夜枠で全十話になるが、放送はまだはじまっていない。アルが出演するのは、エンバーマーが関係する第三話のみのはずだった。だけど悪役吸血鬼は主人公まひろを吸血鬼にした張本人でもあり、台詞こそ少ないもののポイントとなる役どころで、第三話以降も主人公にけっこう絡んでくる設定になっていた。

怪我をした外国人俳優は、足の骨を折る大怪我で全治三ヶ月。万が一にも復帰の見込みはない。酒入は暁に「どうぞ彼氏に続投を……！」と頭を下げてきた。

「視聴者にとって、途中で登場人物の役者が代わるのってかなりのストレスになるんだ。ケインさんだっけ、スタッフと役者の評判もいいんだよ。特にまひろ役の優香が、撮影が遅れてあんなに不機嫌だったのに、不思議と機嫌がよくなってさ。もうミラクルだよ」

暁は「二度目はない」と宣言してたけど、酒入に毎晩家に押しかけられ、説得されて渋々アルの続投を了承した。オンエアされてない編集前の映像を隅から隅までチェックして、ウィッグとカラーコンタクト、ぶ厚いメイクで本人と判別がつかないと確かめた上に、忽滑谷まで呼んでその映像をチェックさせた。最終的に、忽滑谷の「アルだって全然わからなかったよ」の一言が決め手になった。

「メイクばりばりの吸血鬼役だけならやってもいい。けどお前がやりたくないならやらなくていい」

酒入のいる前で、暁はアルに選択させた。両手を胸の前でぴったり合わせたお願いポーズをして、必死の形相でこちらを見ている酒入の前で断れるわけがなく「ぼく　やる」と答えた。日本の芸能界に興味もあったし、アクターはアメリカにいた時からやってみたいことの一つだった。吸血鬼になってからは諦めてたけど、まさか日本で夢が実現するなんて思わなかった。

「顔のアップはなし、必要以上に喋らせない……それからこいつの撮影は、日が落ちてアルバイトが終わってからだ。この条件は絶対にのんでもらう」

酒入は「えーっ」と間延びした声をあげた。

「夜だけ？　そりゃちょっと……」

「酒入」

暁は静かに名前を呼んだ。

「今、俺が何て言ったか、繰り返してみろ」

「え……っと、アップは駄目、あんまり喋らせない、撮影は夜だけって……」

「ちゃんと理解しているようだな」

この件に関しては暁が一歩も引く気がないと感じたのか、酒入は「わかったよ」と承知した。かくしてアルは暁の許可のもとに吸血鬼役を続投することになった。

俳優としてスタジオに通いはじめたアルは、その日少し早めに来てくれと言われ、清掃のアルバイトもなかったので、午後七時過ぎにスタジオへ入った。衣装をもらってロッカールームで着替え、控え室へ行く。そこではヘアメイクの町田が学生服を着た男の人のヘアセットをしているところだった。

「ケインさん、もうちょっと待ってね」

俳優としても、アルは「ケイン・ロバーツ」の名前を使っている。

「はい」と返事をして、アルは隣の席に腰掛けた。学生服の男の人がチラチラとこちらを見ている。アルがにっこり笑うと、その人は照れたようにスッと目を逸らした。日本人は微笑みかけると全員が似た感じの反応をする。みんなとてもシャイだ。

いよいよ自分のヘアメイクになる。吸血鬼の厚塗りメイクはみんなよりも少しだけ時間がかかる。ここまで顔を作らなくてもと思うけど、それが暁の出した条件だから仕方なかった。

「ケインさんってさ、こんなに厚塗りなんかしなくてもハンサムなのに、もったいないよね」

町田はアルの顔にファンデーションを重ねながら呟く。ハンサムと褒められて嬉しくて「ありがとう」とお礼を言う。

「変わった役どころだし、プロデューサーがこだわりを持つのもわからなくもないけど」

最初の現場で自分をメイクしたのは町田ではなかったので、諸々の事情は知らないようだ。

「あっ、そういえば今日、スタジオに入っていくケインさんを見かけたんだけど、面白いTシャツを着てたね。あれ、何かの罰ゲーム？」

「ばつげーむ　なに？」

「うーん……えっと、軽いジョークってことかな」

顔の上で滑る町田の手は、あったかくて気持ちいい。

「ジョーク？　ちがう　かっこいい」

町田はハハッと笑った。

「日本人の感覚からすれば、あれはユーモアだな。背中に大きく『美少女』だからね。ちょっと変態っぽいかも」

「びしょうじょ？」

　それが英語に訳するところの「ビューティフルガール」だと知らされ、アルはショックを受けた。「ビューティフルボーイ」ならまだしも「ガール」……。美しい女の子になりたいという願望を持った男だと、みんなに思われてしまったんじゃないだろうか。

　あれはスーパーの中にある衣料品コーナーで見つけて気に入り、おねだりして買ってもらったものだ。漢字の形が神秘的だと思っていたのに、そんな意味だったなんて暁は教えてくれなかった。どうりで「あきらも　きる　いいよ」と勧めても見向きもしなかったはずだ。

　アルが落ち込んでいると気づいたのか、町田は慌てて「けど、ケインさんが着てたらそんな変態っぽくは感じないかも」と慰めてくれた。

「そうそう、この前ケインさんに聞いてエンバーマーをネットで調べてみたんだよ」

　町田は急に話題を変えてきた。

「俺、今までそんな職業があることも知らなかったからさ。高塚さんてすごいね」

　三谷と話をしていた時から、町田は暁のことを美形だと褒め称《たた》えていたが、どうやらファンになってしまったらしい。アルのメイクをしながら暁のことをあれこれ聞いてくる。最初は聞かれるがまま答えていたけど、最近では室井と同じ匂いを町田にも感じてしまう。気のせいだろうか？

「高塚さんて本当に美形だよね。あのルックスだったらさ、きっと恋人はいるよね」

「まちだ　あきら　すき？」

それまでにこやかに喋っていた町田の顔が、不自然に強張る。

「えっ、えっ、えーっと……」

「ぼく　おとこのひと　おとこ　すき　おっけー」

控え室には二人しかいないのに、町田は周囲をきょろきょろと見回してから「ひょっとしてケインさんもそっちの人？」と声を潜めてきた。

「ぼく　おんなのこ　すき」

「偏見はないってことかな？　この業界、ゲイは多いけど一応黙っといてね。年配の人になるとまだそういうことに保守的な人も多いから」

アルは「うん」と頷いた。

「高塚さんてさ、俺のストライクゾーンのど真ん中なの。顔とか雰囲気とか、もう理想が服着て歩いてる感じ。けど彼、ストレートだよね」

「あきら　げい　ない　わかる？」

「わかるよ～。人を見る目で何となくさ。あと変な言い方になるけど、雰囲気はあっても色気はないんだよね。それからいったら、ケインさんの方が色気はあると俺は思うなあ」

ドンドンとドアをノックする音が聞こえた。

「ケインさん、準備できましたか？」

サードアシスタントの声だ。町田は「あと五分お願いします」と慌てて返事をすると、大急ぎでアルのメイクを仕上げ、ウィッグをかぶせた。

アルが吸血鬼役の衣装のまま、サイズの合った黒い靴で廊下を歩いていると、向こうからドラマの主役、神保優香とそのマネージャーの安藤亮子《りょうこ》が並んでやってくるのが見えた。優香はピンク色で、キラキラしたビーズのカバーをつけたスマホを熱心に覗き込んでいる。

今日はアルと優香の絡みはないので、優香分の撮りは終わったのだろう。アルは日本の芸能界のことはまったくわからないが、優香は去年出した写真集が売れに売れ、今最も上り調子のグラビアアイドルだと三谷に教えてもらった。

優香はいつも何か気に入らないといった表情でムスッとしている。人形のように可愛いのに、ちょっぴり高慢な雰囲気だ。それがカメラが回りはじめた途端、役柄のまひろになって、チャーミングで快活な女の子になる。このドラマが初主演で演技の勉強はきちんとしたことはないという話だけど、素人のアルから見ても上手だと感じる。

いつも不機嫌な優香も、アルだけは特別なようだった。目が合うと、笑いかけてくれる。他の人がNGを出すと機嫌が悪くなるのに、アルのNGだとクスクス笑って面白がってくれる。

「おつかれさま　です」

声をかけると、優香がスマホから顔を上げた。

「あ、ケインだ。今から撮影？」

「そう」

「ねぇ、これ見て」

優香がアルの目の前に突きつけてきたのはスマホの画面。そこには赤い水玉模様の蝙蝠が画面の中をふわふわと飛んでいた。

「『まひろ』の番組サイトで配布してる壁紙、可愛くない？　『まひろ』ってストーリーも服もかっこ悪いけど、これだけは気に入ってるんだ」

アルはじっと蝙蝠を見つめた。

「ぼく　こうもり　くろが　すき」

優香がぷうっと頬を膨らませる。

「黒じゃないからいいのに。ケインってセンスない～」

真っ黒の瞳が、悪戯っぽく笑っている。

「また変なTシャツでスタジオに来てたでしょ」

アルは目の前がザッと暗くなった。

「あれ　まちがい　ぼく　かなしい」

必死で言い訳する。

「この前は、葬祭会館のロゴ入りのTシャツだったたし。今日は美少女って書いたTシャツを着てたってスタッフが教えてくれたよ。ケインってオタクなの？」

「ぼく　きれい　おんなのこ　なりたい　ない」

「話、かみ合ってないって～」

優香は口許に手をあてて「ハハッ」と笑った。

「やっぱりケインっておもしろーい。今度、美少女のTシャツ着てるとこ見せてよ。じゃーね」

優香が行ったあと、マネージャーの安藤が近づいてきて「失礼な言い方をしてすみません。あの子、悪気はないんです」と謝ってきた。

「ぼく　だいじょぶ」

本当にすみません、と安藤はもう一度頭を下げて、優香の後を追いかけていった。マネージャーも気苦労が絶えないなぁと思う。アルがスタジオに顔を出すようになってまだ二週間ほどなのに、最初に蝙蝠姿で会った時よりも安藤はちょっと痩せた。

みんなに変だと言われたあのTシャツ、もうここには着てこられないなと鬱々としながら歩いているうちに、第一スタジオに着く。するとアシスタントに呼ばれてメイクも急いだのに、撮影はまだはじまっていなかった。

「カメラの調子が悪いんだってさ」

　折り畳み椅子に腰掛けていた三谷の傍に行くと、原因を教えてくれた。

「二スタがもうすぐ終わるから、そこから借りるって。あと十分ぐらい待ってくれって言われた」

　蝙蝠のアルを布袋に突っ込んだ三谷祐嗣《ゆうじ》は、優香の相手役で二十二歳。優香と同じく新人俳優だ。アルは年齢を聞かれて、実際は三十歳だが吸血鬼になってから見た目は歳を取らないので、死んだ歳の二十一歳と答えた。すると同世代ということで余計に親近感を持ってくれた。ちなみに三谷は本気で蝙蝠を飼おうとしていたらしく、蝙蝠がいなくなったとスタジオ中を探していたようだけど、スタッフに外へ出て行ったんじゃないかと言われてあきらめたらしかった。

　アルも部屋の隅にある折り畳み椅子を持ってきて、三谷の隣に腰掛けた。三谷はうちわを扇《あお》ぎながら、ペットボトルの水を飲んでいる。

「ケインさんの衣装って、見てるだけで暑そうだ」

「わりと　へいき」

「そういやケインさんって、ほとんど汗かかないよね」

　三谷はタオルで額を拭った。スタジオの中は、常に全方向からライトが当てられているので、ものすごく暑い。冷房が入っていても、ライトの熱がそれを凌駕《りょうが》する。セットの中に立つとものの数分で汗が噴き出すものらしいけど、吸血鬼の自分は当然ながら汗をかかない。

「そうだ、この前の話なんだけど、やっぱ駄目？」

「だめ」

「そこを何とか。俺、本物って見たことないんだ」

「あきら　いかり　くるう」

そっか、と三谷は残念そうに俯いた。人懐っこくて親切、明るい三谷の趣味はスプラッターとホラー映画の鑑賞だ。エンバーミングのことも知っていて、アルが暁と同居しているのを人伝に聞いたらしく、俺もエンバーミングの現場が見たい、見せてもらえないだろうかとアルに迫ってきた。

見学希望のことは、暁に話していない。自分の仕事に対してとてもストイックな暁が、興味本位の見学を許すとは到底思えなかったからだ。それを考えると、自分が最初にエンバーミングに立ち会わせてもらえたのは、まさに奇跡みたいなものだった。

好きなホラー映画について延々と語ったり、死体が見たいとか言い出したり、ちょっと変わった趣味の三谷も、そこを除けばごくごく普通の二十代の男性だ。

「カメラ来ましたー。三谷さん、ケインさん、セット入ってください」

アルは指定された位置に立った。今日は台詞があるので、いつも以上にドキドキする。

小さく深呼吸を繰り返しているうちに、スタートの声がかかった。

「ぐうわおーっ」

アルは怯えた表情を見せる三谷に向かって、獣宛らの迫力で吠《ほ》えた。

「おまえも　きゅうけつきにしてやろうか！」


撮影を終え、家に帰り着いたのは午前零時になろうという頃だった。暁はまだ起きていて、Tシャツに膝丈のパンツ姿でソファに寝そべり、雑誌を読んでいた。

「ただいま」

暁はチラッとアルを見て、「んっ」と首を傾げた。

「お前、Tシャツを裏返しに着てるぞ」

「これで　いい」

「よくないから言ってるんだ。その格好で電車に乗って帰ってきたのか？　恥ずかしい奴だな」

スタッフや優香、町田に笑われたことを思い出し、アルはムカッと腹が立った。

「あきら　びしょうじょ　へん　おしえてくれる　ないかった」

暁は「人のせいにするな」と読んでいた雑誌をバンッとテーブルに置いた。

「お前が『気に入った。これがいい』って言い張ったんじゃないか。俺は『それでいいのか』って何回も聞いただろ」

「でっ　でも　へんたい　いわれた」

「それが店頭で売られてるってことは、着てもいいってことだ。ただそれを見た人間が抱く印象まで、俺が責任を持つ必要はない」

「かんじ　へん　やめろ　いって　ほしいかった」

「お前が珍しく気に入った、気に入ったって騒ぐから、言えなかったんだよっ」

確かにこのTシャツを見かけた時、自分は浮かれていた。自分のために用意されたもの、運命だと思った。それは否定しない。けどみんなに変だと言われてしまうと、お気に入りだったものも一瞬でその魅力を失ってしまうのだ。

アルはがくりとうなだれたままクロゼットに行き、Tシャツと短パンを取り出した。これは暁と色違いで、夏の寝間着代わりにと忽滑谷がプレゼントしてくれたものだ。

バスルームに入ろうとしたアルは、キッチンが昨日片づけた時と同じままなのに気づいた。使った形跡がない。嫌な予感がする。

「あきら　きょう　ごはん　たべた？」

「ああ」

「ひとり　たべた？」

「室井が美味《うま》くて安い中華料理店があるというから、行ってきた」

また……とアルはムッと口を引き結んだ。最近、暁はアルが撮影に行って晩ご飯を作れない時に、外で食べる。一人ではなく、室井と一緒に。

アルがドラマに出演することを、センターの人間はみんな知っている。秘密にしていたのに、一度アルが電車のトラブルでスタジオに遅刻した時、焦れた酒入がセンターに問い合わせをしてしまったことでばれた。電話を受けたのは受付の松村で、口の軽い酒入はアルがドラマに出演していることをぺろっと喋ってしまったのだ。松村は驚いて小柳に喋り、瞬く間に職員全員が知るところとなった。

小柳に詰め寄られて暁も観念し、アルが出演していることを認めた。そしてみんなの前で「あいつが撮影に行った日は、不味い料理を食わされなくてすむ」と大変失礼なことを言ったのだ。

それを聞いていた室井が、アルの撮影日を狙って暁を外食に連れ出すようになった。最初、室井と外食をしたと聞いた時は、暁は他の人と一緒にご飯を食べてもあの仏頂面なのかなと思うだけだったが、何度も繰り返されると気になってきた。

もしかして暁は室井と付き合うつもりなんじゃないだろうか。いや、付き合うなら付き合うで、別にいい。けど暁と室井が付き合いはじめてしまったら、自分が邪魔者になる。ここを出ていかないといけなくなって……と、同じことを延々ぐるぐる考えて、気持ちがもやっとする。

「どうして　むろい　なんかいも　ごはん　いく」

「あいつの連れていってくれる店は、どこも美味いからな」

「むろい　こいびと　なる？」

暁は露骨に眉を顰めた。

「一緒にメシを食ってるだけなのに、どうして付き合うことになるんだ」

「むろい　あきら　すき」

「俺ははっきり断った。向こうも納得してる。それで一緒にメシを食って何が悪い」

表向き、理屈ではそうだろう。けど本音は違う。

「ぼく　むろい　なら　すごく　きたいする」

「ごちゃごちゃうるさい奴だな。俺が誰とメシを食おうと、お前に文句を言われる筋合いはない」

「きもち　かんたん　かわるない」

「お前の想像は絶対なのか？　室井は今でも俺に気があるのかどうか、本人に聞かんとわからんだろうが」

そんな風な言われ方をされてしまっては、室井ではないアルは何も言えなくなる。そもそもどうして自分は室井のことで暁と言い争っているんだろう。

「お前と話していると、腹が立ってくる」

そう吐き捨て、暁はベッドへ向かった。アルはシャワーを浴びてTシャツを着替える。電気を消す前に、ベッドの傍らに膝をつく。右を向いた暁の横顔は、自分と話していると苛立つと言った時の顔のまま、閉じた唇も不機嫌そうに少し上を向いている。

「おやすみなさい」

アルは癖のある柔らかくて黒い髪を抱きかかえるようにして、頬にキスした。喧嘩してもしてなくても、寝る前におやすみのキスをする。それはアルの中で、一日の終わりの神聖な儀式だった。

暁の目尻がヒクリと動く。けど目を開けてはくれなかった。

翌朝になると、暁の機嫌は直っていた。怒りっぽいし根に持つけど、今回は大丈夫そうだった。アルが見ている前で、白いシャツと黒いスラックスに着替え、歯を磨く。いつもと違っていたのは、普段よりも欠伸が少し多いことぐらいだ。

暁はその日、出勤してからも欠伸が多かった。午前中に二つのご遺体がやってきて、小柳が休みだったので暁と津野で一体ずつ受け持った。津野は処置が終わったあと、ご遺族の希望で自宅まで付き添う予定になっている。

午後一時過ぎ、暁は控え室に戻ってくるなり、手術着の上に白衣を羽織った姿で、ソファにドッと座り込んだ。フーッと大きなため息をつく。お腹が空いていたのか、テーブルの上に届けられていた弁当をあっという間に食べ終えると、ごろりとソファで横になった。……数分もせぬうちに、スーッと寝息が聞こえてくる。

暁は普段、職場で居眠りすることなどないので珍しい。アルはソファの座面に顔を半分押しつけて眠る暁に近づいた。睫毛が長くて、鼻が高くて、とても綺麗な横顔だ。スンスンと鼻先を頬に近づけても、暁は瞬きもしない。

ガチャリとドアの開く音がする。室井が入ってきた。後片づけ全般を請け負っているので、いつもみんなより少し遅れて戻ってくる。室井は暁が寝ていることに気づくと、そっとドアを閉めた。

「高塚さん」という室井の呼びかけに、暁は返事をしない。寝入っているのだ。足音をしのばせて暁に近づき、室井はソファの傍にしゃがみこむ。寝ている暁の顔をじっと見つめる。その顔は嬉しそうだけど、ちょっと切なさも滲んでいる気がする。

「高塚さん」

室井がひっそりと名前を呼ぶ。暁は規則的な呼吸を繰り返すだけ。室井がそっと指を伸ばして、暁の前髪に触れた。傍で見ているアルの方がドキドキする。室井は少しの間、癖のついた前髪を弄んだあと、人差し指を暁の唇に近づけた。けど近づけるだけで、触れることはない。

見つめる目の色がだんだんと切羽詰まってきているようで、こちらの方が焦ってくる。室井は体勢を変え、ぐっと前に身を乗り出してきた。顔が近づいてくる。キスでもしそうな気配に、アルは慌てた。アメリカだとキスは日常茶飯事で、老若男女どこでだって見かける。でも日本じゃ恋人同士しかしない。

自分はおやすみのキスを毎晩暁にしているけど、それとこれとは意味合いが違う。顔が八インチ（約二十センチ）ほどの距離まで近づいた時、アルは暁の口の前に行き、精一杯体を起こして「駄目！」のつもりで「ギャッ」と鳴いた。

室井は驚いた顔で後ずさり、そして苦笑いした。細く長い指がアルを優しく摑み「ちょっと静かにしてろよ」とちょんと鼻先をつついてくる。アルを摑んだまま室井は暁を見つめ、そしてまた……。

「ギャッギャッギャッ」

アルは室井の手の中で鳴いた。一方的なのは絶対に駄目だ。暁の同意の上でないとキスしちゃいけない。

室井の唇が指一本分の距離まで近づいた時、暁が目をぱちりと開けた。室井の体が何かに衝突したかのようにガクリと止まる。暁はそんな室井をじっと見つめた。

「何をしようとした？」

ストレートな問いかけだった。

「それは、あの……」

室井は可哀想なほど青くなり、自分を摑む手の握力が強くなる。握り潰されそうで怖い。切迫したアルの表情に気がついたのか、起き上がった暁は「そいつを返せ」と室井に向かって手を差し出した。飼い主の手の上に乗ったアルは、握りしめられて痺れた羽をブルブルと震わせてから、暁の肩に移動した。

「俺は何か、お前に期待させるようなことをしたか？」

室井は返事をしない。

「一緒にメシを食ったり、そういうことでお前は期待するのか？」

長い沈黙。暁はため息をついて、頭を搔いた。

「もうお前とは二人で出かけない方がよさそうだな」

室井が唇を嚙むのが見えた。

「……俺のことが、嫌いですか」

「嫌いなわけじゃない。お前が期待するからだ」

「断られたけど、俺は好きなのも期待するのも止められません」

「俺には恋人も、恋愛対象としてのお前も必要ない」

暁の答えははっきりしている。それだけに酷い言葉だと思う。だけど室井はめげなかった。

「高塚さんは、人を好きになったことがないんですか」

「さあな」

「さあなって……それ何ですか」

室井の声が震えていた。

「感情なんて、言葉で表現できるもんじゃないだろう。恋愛という意味において好きになった相手はいないのかもしれないな」

「好きな人がいない人生なんて、虚しくないですか」

暁は室井をじっと見つめ、そして首を傾げた。

「虚しいなんて、どうしてお前に決めつけられないといけないんだ」

「決めつけてなんか……」

「決めつけてるだろうが。お前の履いてる靴はお前にぴったりで都合がいいのかもしれんが、それが他の全員にもあてはまると思わない方がいい」

「……どういう意味ですか」

「中には一人ぐらい、穴の開いた靴がいいっていう変わり者もいるってことだ。お前が言う『好きな人のいる人生』っていうのが、俺には魅力的に聞こえない」

「じゃあずっと一人でいいんですか？」

「そっちの方が楽だろう」

「楽とか楽じゃないとか、そういうことで恋愛ってするんじゃないでしょう。人を好きになるって、もっと自然な感情なんじゃないですか」

「俺はずっと一人でいい。恋愛も恋人も必要ない。お前は割り切れる奴だと思ったから付き合ってきた。けどそれがお前を期待させることになるなら、もう必要以上の関わりは持たない。そっちの方がいいだろう」

「ちょっと待って……」

室井が額を押さえた。

「何か頭が混乱してる。そんな機械処理するみたいに、俺のことを割り切らないでください」

「じゃどうすればいいんだ？」

暁は本気でそう聞いているのかもしれない。けれどそれはやたらと冷たく、突き放しているように聞こえた。

「高塚さんにとって、俺はどういう存在なんですか」

室井の声は、悲鳴みたいに聞こえた。

「あと半年もしたらここでの研修を終えていなくなるただの学生だ」

室井は何も言わずに控え室を出ていった。暁はテーブルの上に置いてあった雑誌を手に取り、何事もなかったかのように読みはじめる。けどだんだんとページを捲る手が速く、そして乱雑になり、最後はパタンと雑誌を閉じて放り出した。「チッ」と小さく舌打ちしてソファで再び横になる。

暁は、口から出る言葉ほど冷たくはない。乱暴な時もあるけど、優しい。恋愛も恋人も必要ないという男。一人が寂しくないんだろうか？　寂しくないはずはない。それでも暁は一人がいいと言うのだ。

どうして暁が一人でいいと思うのか、好きな人もいらないと言うのか、聞いてみたい。だけど今は蝙蝠の言葉しかないので、肩に乗って、不機嫌な顔をじっと見つめていることしかできなかった。

その日、午後に緊急のご遺体がやってきた。松村が持ってきた書類を見て、暁は眉を顰めた。

「左腕切断、右足と前頭部から後頭部にかけて欠損か……」

呟いた暁に、松村が「うちの近所での事故だったのよ。自転車に乗っていて、後ろから車に轢《ひ》かれたらしいわ。まだ十七歳なのに、可哀想ね」と目を伏せた。津野はまだ帰ってきていない。暁は少し迷っていたけど「時間のかかりそうなご遺体だから、先にはじめていた方がいいな」と、自分が担当するはずだった午後にやってくるご遺体を津野に回し、緊急のご遺体を自分が受け持つことにした。

付き添いから帰ってきた津野は、ご飯だけ食べてすぐに処置室へ入った。午後六時過ぎ、暁と津野はほぼ同時に処置を終えた。アルは二人と入れ替わりで処置室の掃除に入り、生々しく残る血の匂いに腹がグーッと鳴った。

本当は今日の午後のご遺体から、少々血を分けてもらう予定だったのだ。前に血をもらってからそろそろ六日。我慢できないほどじゃないものの、かなりお腹が空いてきた。撮影が入りはじめてから、時々アルバイトを休まざるをえなくなった。暁もいつも時間外まで処置をしているわけではないのでタイミングが合わず、血をもらいづらくなってしまった。事故や検死後のご遺体は、血管があちらこちらで寸断されているので、うまく固定液を通せない。なので廃液となる血液も貯めづらくなる。

お腹が空くのは辛いけど、仕方のない状況というのはあるものだ。アルは気を取り直して手早く掃除をすませた。控え室に戻ると暁はもう帰ってしまっていて、かわりに津野が待ってくれていた。今日は津野の車でスタジオに送ってもらう予定になっている。

アルが共演しているのが神保優香だと知ると、いつもおとなしい津野が「一度、撮影現場を見学させてもらえないかな」とアルにお願いしてきた。津野は神保のグラビア時代からの大ファンだったらしい。けれど言ったあとで恥ずかしくなったのか「やっぱりいいや」と俯いた。
アルはそんな津野に本物の優香を間近で見せてあげたくて、酒入に相談した。すると
サインをねだる、写真を撮るは絶対にＮＧだけど、騒いだりしないなら見学はＯＫとい
うことで、特別に許可して通行証を出してくれた。
津野は初めて入ったという撮影スタジオが物珍しいのか、遠足に来た子供みたいに落
ち着きなく辺りを見回している。アルは知った振りでロッカールームや控え室を説明し
ていった。素直な津野はいちいち頷き、そしてぶ厚いメイクを施されるアルを面白そう
に眺めていた。
スタジオ入りの時間が近づいてくるにつれ、津野は次第に顔が強張ってきた。
「もうすぐ　ゆうか　あえる　うれしい　ないの？」
津野は「嬉しすぎて、緊張してるんだよ」と泣きそうな顔をしたあと「うぐっ」と呻
いて背中を丸めた。
「緊張しすぎて、気持ち悪くなってきた……」
そのままトイレに駆け込み、津野はしばらく出てこなかった。ようやく姿を見せたと
思ったら、病人のような青白い顔をしていた。
「ケインさん、スタジオに連れてきてもらって嬉しかったけど、やっぱり帰るよ」
「えっ　どうして？　あいたい　ないの？」

「会いたいけど、駄目だ。生の優香さんと目が合ったらと想像するだけで、緊張して体が震えてくる。はっ、話ができたとしても、変なこと言う奴だとか、嫌な奴だと思われたら、耐えられない」

津野の顔は、仕事をしている時のように真剣だ。

「わかってる。優香さんと目が合うことも、話をする可能性もゼロに等しいのに、こんなことを考えて不安になっているとか、自分でもおかしいと思うんだけど……」

喋っているうちに、津野は再びトイレへと駆け込む。傍で話を聞いていた三谷が「臆病……いやいや、繊細な人だね」とそっとアルに耳打ちした。

優香に会うという想像だけで緊張し、吐き疲れた津野は、スタジオまで行かずに控室で休むことになった。アルが「さつえい　だいいちスタジオ　みたい　なる　ならきて」と声をかけると、くたびれ果てた顔で「ありがとう」と呟いた。

サードアシスタントに呼ばれてアルと三谷はスタジオに入った。けれど現場に優香の姿がない。スタッフに聞くと、まだ来ていないとのことだった。アルと三谷の絡みのシーンを撮り終えたところで、撮影は一旦中断される。優香がまだスタジオ入りしていないからだ。

「優香ちゃん、もう三十分遅刻してます」

アシスタントが酒入に耳打ちしているのが聞こえた。

「参ったなぁ。マネージャーに連絡を取ってみたか」

「それが捕まらなくって」

　優香はこれまで一度も遅刻をしたことがない。珍しいな、と思っていると「ねえねえ」と三谷に肩をつつかれて、アルは振り返った。

「昨日『十三日の金曜日』を見たんだけどさ、俺的にはやっぱりこれがホラー映画の原点だと思うんだよ」

　原点と言われても、ホラーが苦手なので語れるほど詳しくない。

「邦画のホラー映画の転換期の作品って、やっぱり『リング』なんだろうな。ケインさん、見たことある？」

　首をブンブンと横に振る。

「二作品とも古いけど、すっごく面白いよ。ディスクも持ってるからさ、今度貸してあげるよ」

「ぼく　みない」

「どうして？　絶対に面白いって」

「こわいえいが　みる　よる　ねむるない」

　三谷は「ホラー映画は怖いけどさ、結局は作り物なんだし」とあっさりした顔で言い放つ。

「でも　ぼく　こわい」

「ケインさんさ、リアル死体とか見るって言ってただろ。そっちの方が作り物よりもホラーだと思うけどなぁ」

自分たちの背後から、三谷のマネージャー、桜井の呆れ果てたため息が聞こえてくる。桜井は大柄な中年男で暁みたいに短気だ。けど三谷をとても大事にしていて、アルにも親切だ。……最初こそ控え室から廊下に力ずくで引きずり出されたけれども。

「おっとりした性格なのに、どうしてそんなにホラーが好きなんだろうな。ケインさんはいいとしても、あまり人前でホラーの話はしないでくれよ」

自分ならいい、というのはどういうことだろう。三谷は親切で優しいから好きだけど、ホラー映画の話は正直、ちょっと辛い。作品のあらすじを聞いただけで震えがくるからだ。

「読書やサーフィンと同じで、ホラー映画も趣味なんだけどなあ」

三谷が不満そうに首を傾げる。

「その辺なら俺も問題ないと思うが、ホラーはなぁ。引いちゃう女の子もいるし、最近は猟奇的な事件も多いし。半年ぐらい前だったか、この近くで連続殺人事件があっただろ。犯人は捕まったけど」

胸がドキリとする。猟奇的というと……自分も襲われ、そして犯人逮捕に協力した無差別殺人事件のことだろうか。

「お前のホラー映画好きは趣味で、作り物と現実の区別がちゃんとついてるって俺はわかっているけど、世の中には『ホラー映画が好き＝猟奇的嗜好《しこう》』って短絡思考の奴が多少なりいるからな。色眼鏡で見られることだけは避けてほしいんだよ」

「俺だって、相手を選んで話してるって」

三谷が口を尖らせる。アルは、自分は何を基準にホラーを話していい相手に選ばれてしまったのだろうと考えた。……わからない。

ふわっと血の匂いが鼻腔を掠めた。津野がスタジオに入ってきたのかと、きょろきょろと辺りを見回す。スタジオの扉は少しだけ開いているが、どこにも津野の姿はない。

血の匂いは相変わらずふわふわと漂ってきている。ここには五つスタジオがあるから、どこかのスタジオで誰か怪我でもしたのだろうか。でも匂いの感じからして、ちょっと切ったとか、すりむいたとかその程度な気もする。

「あのっ……」

声をかけられて、アルと三谷、そしてマネージャーの桜井が同時に振り返った。優香のマネージャーの安藤が、髪を乱し息を切らしながら胸許を押さえている。その目は忙《せわ》しなく辺りを彷徨《さまよ》う。何か様子がおかしい。そして、あのふわふわした血の匂いが急に強くなった。

「優香を……知りませんか」

「まだスタジオには入ってませんよ」

三谷はのんびりと答える。安藤はずれた眼鏡を押さえて「おかしいわ」と呟いた。

「今晩、私は用があって付き添えなくて、優香には一人で移動してもらったんです。一時間前にはここに入ったはずなんですけど、控え室にいなくて……」

すると桜井が「困るなぁ」と顎をしゃくった。

「神保さんがいないと撮影がはじまらないっていうのに。うちの三谷もケインさんも、ずっとここで待ってるんだよ」

安藤は「申し訳ありません」と深く頭を下げる。そして乱れた髪を震える手で掻き上げた。

「本当に困ったわ……電話にも出てくれないなんて」

「あんどうさん　けが　した？」

振り返った安藤は、アルの問いかけに不思議そうな顔をした。

「いいえ、怪我はしてませんけど」

「ちの　におい　する」

安藤がギョッとした顔をする。それと同時に、サードアシスタントがスタジオに飛び込んできた。強くなる血の匂い。背中がゾワゾワする。何か変だ。何かがおかしい。

「大変ですっ！」

アシスタントの顔は真っ青だった。

「うっ、裏の階段のところからひっ、人が……落ちたみたいで、どうもそれが優香さんじゃないかって話で……」

安藤が「ひいいっ」と口許を押さえた。

「本当に優香なのかっ！」

いつも半笑いでニヤニヤしている酒入が、血相を変えてアシスタントに詰め寄る。

「救急車は誰か呼んでました。あと……警察も」

アシスタントはしどろもどろに答える。

「俺が聞いてるのは、本当に優香かどうかだ！」

「わっ、わかんないです。でもあの感じだと、し……死んでるかも……」

安藤がドサッと倒れ込み、横にいた桜井が慌てて抱き起こす。アルはクンクンと鼻を鳴らした。道しるべのように香る血の匂い。足が自然に動きだす。

「ケインさん、どこに行くんだよ」

三谷の声を背に、アルは歩き出していた。スタジオの外の廊下は、ザワザワと騒ぎはじめている。廊下を横切って正面玄関に向かう。捜さなくてもどこの階段かは血の匂いが教えてくれる。

玄関を抜け外へ出て、スタッフ用の駐車場へと走った。血の匂いは辺りに充満し、空腹も相まって目眩がする。スタジオの西側にある非常階段、その下には人だかりができていた。アルは人の山を掻き分け、前に進み出る。

非常階段の下に黒くこんもりした影がある。薄暗くてよく見えなかったけど、近づくと手足が捻《ねじ》れ、奇妙な方向に折れ曲がっているのがわかった。乱れた黒い髪。そしてバケツの水を撒《ま》き散らしたように辺りに広がる赤黒い血。集まってきた人たちが遠巻きに見ている中、アルは顔を覆う黒い髪の毛をそっと摘み上げた。

半分潰れてしまっているけど、優香だ。息はしてない。割れた頭から中身が少し飛び出している。そっと触れた頬はまだ温かい。だけど死んでしまっている。そこにはもう、生きている人間の気配は微塵も残っていない。

ちょっと意地悪だったけど、優香は綺麗だった。いつも自分のことを「面白い」と言っていた。まだ若かったのに、したいこともあっただろうにどうしてこんなことになってしまったんだろう……胸がキリキリと痛くなる。

悲しいのに、自分の思考が少しずつ血の匂いに侵されていくのがわかった。駄目……そう思って優香から離れようとするのに、足が動かない。知っている人が死んでしまって悲しい、可哀想だと胸が痛むのに、頭の中の奥深い部分が「血」を欲する。

悲しみと食欲が分離する。理性がきかない。コンクリートに染みこむ赤く甘美なものを舐め取りたい。喉が渇く。酷く渇く。あの甘美なものが欲しい。この渇きを癒したい。飲んじゃ駄目！　頭の片隅で警鐘が鳴る。優香がくれるといったわけじゃない。亡くなったご遺体のように、何かお返しができるわけでもない。だからもらってはいけない。絶対に駄目だ。

けど体が言うことをきかない。アルはコンクートの上に両手をついた。赤黒い染みに唇を寄せる……。

「ケインさん、何してるんだよっ」

アルはグッと腕を引かれ、ズルズルと背後に引きずられた。少し距離ができて血の匂いが遠くなったことで、理性が戻ってくる。それと同時に、アルは口許を押さえた。死んでしまった知り合いの血すら欲する……節操のない自分に胸が悪くなる。

「ああいうのって、警察が来るまで触ったりしちゃいけないんだろ」

振り返ると、三谷がアルの腕を摑んだまま青い顔で頰を強張らせている。

「きぶんわるい」

「間近で見るからだよ」

「ゆうか　しんだ」

苦しそうに顔を歪めた三谷の肩を、背後から摑む手が見えた。酒入だ。横たわる体にチラッとだけ視線をやった酒入は、すぐにこちらを向くと「あれって、本当に優香なのか」と震える声で三谷に聞いた。

「……そうみたいです」

「背格好は似てるかもしれないが、あの感じだと顔もよくわからないだろ。絶対にそうとは……」

「ケインさんが近くに行って、顔を見ました。……多分、亡くなってるって」

酒入はグッと口を引き結んだ。途端、周囲に一際大きな悲鳴が響いた。

「いやっ、いやあっ。優香、優香ぁ……」

桜井に支えられたまま、安藤が半狂乱になって叫ぶ。まるで肉親が死んだような嘆きぶりを、アルはぼんやりと見つめた。

優香が死んだかもしれないと知らせにきたサードアシスタントよりも、濃い血の匂いを漂わせていた安藤。あれほど血の匂いをまとうには、近くを通らないと無理だ。あぁ、でも安藤がスタジオに来たのは随分と遅かった。スタッフ用の駐車場に車を置いたとしたら……優香があそこで死んでいるのを知らず、傍を通って匂いをつけてしまったのかもしれない。非常階段の下は暗い。

アルはしゃがみこんだまま肩を震わせる安藤の傍に近づいた。

「あんどうさん」

名前を呼ぶと、優香のマネージャーは泣き濡れた顔を上げた。

「スタジオ　どうやて　きた？」

「くっ……車で……」

「くるま　どこ　おいた？」

「……地下駐車場」

安藤の隣にいる桜井が、不思議そうに首を傾げた。

「ケインさん、そんなこと聞いてどうするんだ？　マネージャーが地下駐車場に車を置くのは基本だろ。帰りに俳優を送っていくんだから」

「ゆうか　いない　スタジオそと　さがした？」

これが最後の質問。この答え如何《いかん》で、わかる。安藤が返答するまでに少し間があった。

「いいえ、外は捜さなかった。捜していたら……もっと早く見つけられていたら、優香は……優香は……あああああっ」

「安藤さん、落ち着いて」

桜井が安藤を宥める。制服の警察官がやってきて、アルを含めた出演者、スタッフ全員、スタジオに入って待機するように言われた。

神保優香は死んだ。そしてマネージャー安藤の体に染みついた、優香の血の匂い。安藤は優香のあの姿を間近で見たはずなのだ。意識せずに死体の傍を通ったのかと思ったが、その可能性は全て「本人の口」から否定された。

死んだ優香の傍にいたはずなのに嘘をついている。……それがどういう意味を持つのか、考えずにはいられなかった。

アル、三谷の役者をはじめ、マネージャー、ディレクター、大道具、小道具、照明に至るまで全員がスタジオの中に集められ、外へ出るのを禁じられた。これだけ沢山の人がいるのに、話し声は密《ひそ》やかだ。安藤の嗚咽《おえつ》だけが時折大きくなったり、小さくなったりしながらスタジオの中に響いている。

スタジオに閉じ込められてから一時間ほどした頃、背広姿の男が三人やってきた。二人は見たことのない顔だったけど、一人は知っている。暁の友達、忽滑谷の相棒の柳川だ。

柳川は三十人ほどのスタッフを前にして、こう言った。

「皆さん、お残りいただいて申し訳ありません。神保優香さんの件に関して、皆さんに少しお話を聞かせていただきたいと思います。そうお時間は取らせません。えっと、神保さんのマネージャーさんって方はいますか？」

桜井が「ここです」と安藤のかわりに答える。安藤が泣き濡れている姿を見て、柳川は「署の方でゆっくり話を聞かせていただいてもいいですか？」と聞くと、震えながら頷いていた。

安藤は別の刑事に付き添われてスタジオを出ていき、柳川ともう一人の刑事が、残った人たちに話を聞きはじめる。アルは自分から柳川に近づいていった。

「やながわ　はなし　ある」

いきなり現れた黒マントの外国人に、柳川は怪訝な顔をした。

「どうして俺の名前を知っているんですか」

以前、殺人事件の捜査で柳川とは関わったけど、蝙蝠の時だった。あれが自分とは言えない。

「ぼく　ぬかりや　ともだち　やながわ　はなし　きく」

曖昧に誤魔化す。忽滑谷の名前を出した途端、柳川の口角が神経質にヒクリと動いた。

「あいつがどうかしたのか」

話が聞こえていたようで、最初に事情聴取を終えた酒入が近づいてくる。

「やながわ　ぬかりやの　こぶん」

隣にいた背広の刑事がプッと噴き出し、柳川の顔がサッと赤くなる。アルは自分の失言に気づき、慌てて「あいぼう」と言い直した。

「そういやあいつ、刑事だったな。そうか、忽滑谷のこぶ……いや相棒か」

柳川はわけがわからないといった顔をしている。酒入が「俺は忽滑谷と同級生なんだよ。で、こっちの外国人は忽滑谷の友人のかれ……同居人だ」と簡単に説明する。刑事を前にしてどことなく小さくなっていた酒入が、忽滑谷の相棒だと知った途端、急に態度が大きくなった気がする。

「ぼく　ぬかりや　はなし　したい」

「俺たちはチームで動いてるんです。忽滑谷さんは今、神保さんが亡くなった現場にいるんで、何か言いたいことがあるなら、俺が伝えておきますよ」

柳川は不機嫌な表情で喋る。

「ぬかりや　じぶんで　はなす」

「だから、それは今ちょっと無理だから」

匂いで犯人がわかったなんて言っても、きっと柳川は信じない。自分が吸血鬼で、血の匂いをたどれると知っている忽滑谷しか理解してくれない。

「ぼく　ぬかりや　ところ　いく」

アルがスタジオを出ていこうとすると、柳川にガッチリと腕を摑まれた。

「ちょっと待って。話を聞き終わるまで、ここから出ないで」

安藤の取り調べがどんな風に行われるのかは知らない。自分のように現行犯として捕まったのでなければ、事情だけ聞いて帰してしまうかもしれない。どういう形にしろ、優香の死に安藤が関わり、そして嘘をついたのは事実。……安藤が優香を殺したのではないかと、自分の中での推測が、どんどん確信に近づいていく。

「ぼく　ぬかりや　はやく　はなし　する」

「いくら知り合いでも、例外を許すわけにはいかないんですよ」

自分が知っていることを忽滑谷に伝えられたら、他殺か自殺かという選択肢をなくし、回り道をせずに焦点を絞り込んで捜査ができる。どうして安藤が優香を殺してしまったのか、理由はわからないけれど、事件が少しでも早く解決することが、死んでしまった優香のためになるに違いない。

捜査に協力しようとしているのに、融通が利かない柳川が鬱陶しい。

「ぬかりや　あわせて！」

「だから、例外はナシなんだって」

「やながわ　あたまかたい　だから　ぬかりや　いじめられる」

柳川がギョッとした顔をする。

「ぼく　ぬかりや　あわせる　ないと　やながわ　おこられる　こうかいする」

途端、柳川の眼球が挙動不審な動きをはじめた。落ち着きなく辺りを見回す。

「しょるい　しごと　いっぱい」

柳川の口許が、変な形に歪む。

「どっ、どうしてそんなことをあんたが知って……」

　そこまで喋って、慌てて口を噤《つぐ》む。

「はやく　ぬかりや　はなし　する　ぼく　おこる！」

　柳川は奥歯を噛み締め、悔しそうな顔のまま電話を掛けはじめた。そして自分のことだろう、『変な外国人が……』と二言三言喋ったあとで『すっ、すみません』とスマホに向かって謝った。

「……忽滑谷さん、すぐ来るそうだから」

　通話を終えた柳川は、暗い表情でぼそりと告げた。その言葉通り、忽滑谷はものの三分もしないうちにスタジオへ入ってきた。

　アルは軽く息をきらす忽滑谷の腕を掴んで、スタジオの隅に連れていった。

「女優が亡くなったとは聞いてたけど、それがアルの出てるドラマの出演者だとは思わなかったよ」

　忽滑谷は呼吸を整えるように胸を押さえた。

「きゅうに　よぶ　ごめん」

「いや、いい。アルがいてくれて凄《すご》く心強いよ。……今回の件で何か気づいたことがあったんだろう」

　アルはコクリと頷いた。

「ゆうか　ころされた　おもう」

忽滑谷の表情が厳しいものになった。

「正式な鑑識の結果がでるまでは確定じゃないけど、後頭部の損傷の具合からして、彼女は三階の非常階段の手すりを越えて、後ろ向きに落ちた可能性が高い。後ろ向きに落ちて自殺する人間はまずいないし、事故だとしてもなぜ普段使われていない非常階段へ行ったのか疑問が残る。誰かに突き落とされた……他殺の可能性が高くなってきてる」

「はんにん　あんどうさん　おもう」

忽滑谷の目が大きく見開かれた。アルは安藤から嗅いだ優香の血の匂いのこと、そして自分の問いかけに対する返答の不自然さを説明した。

「困ったな……」

ぽつりと忽滑谷は呟いた。

「犯人確定か。ここまで教えてもらっておいて捕まえ損ねたら、アルに怒られるな」

「ぬかりや　ぜったい　しょうこ　みつける　ぼく　おもう」

忽滑谷は「ありがとう」と黒いウィッグをかぶったアルの頭を撫でてくれた。蝙蝠の時も人間の時も、忽滑谷の自分に対する態度は変わらない。それは暁も同じかもしれない。

「アルのおかげで、捜査を安藤と神保優香の関係に絞っていける。無駄が省けてその分、早期解決に……」

「お話し中、すみません！」

少し離れた場所から、柳川が忽滑谷を呼んだ。

「何？」

柳川はチラリとアルを見た。

「あの……人がいる場所ではちょっと……」

「いいから話して」

「あ、でもですね」

忽滑谷の眉間に、じわりと皺が寄るのがわかった。口角もヒクリとつり上がる。

「いいから話して、と言ったけど聞こえなかったのかな。聞こえてなかったら、今すぐ病院に行って両耳とも診てもらってきてくれる？　仕事に支障が出るから」

ストレートな忽滑谷の嫌味に、柳川はむっと口を閉じた。そして恨めしそうにアルを睨みながら、だけど自信たっぷりにこう言ってのけた。

「挙動不審な男を発見したと連絡がありました。スタジオの見学者で、プロデューサーの許可は取っていたそうですが、ずっと男性用の控え室に一人でいたそうです。神保さんが転落したとされる時間帯にアリバイもありません」

男性用控え室でピンときた。もしかして……。

「そのひと　なまえ　なに？」

アルが聞いても、柳川は無視する。すました横顔に正直、イラッとする。

「その不審者の名前は？」

忽滑谷が聞くと、柳川は「津野というそうです」と答えた。

「つの　ちがう　ぼくしりあい　あきら　どうりょう」

アルは忽滑谷に訴えた。

「すたじおけんがく　ぼくときた　あやしい　ない」

忽滑谷は柳川に向かって「住所、氏名だけ聞いたら帰していいよ」と命じた。「ちょっ、ちょっと待ってくださいよ！」と柳川は体を震わせた。

「明らかに怪しいんですよ。それに男性用の控え室は、三階への非常階段にも近いんです」

忽滑谷は小さくため息をついて、額を押さえた。

「あっ、あともう一つ、気になる証言があるんです。被害者と共演している俳優の三谷なんですが、ホラーマニアでスプラッターも好きらしいとスタッフから証言がありました。三谷にも一度署に来てもらって、詳しく話を聞いた方がいいと思います」

胸を張る柳川を横目に、アルは忽滑谷に訴えた。

「みたに　ぼく　いっしょ　いた　はんにん　ちがう」

「柳川、三谷という俳優にはアリバイがあるそうだから、もう調べなくていい。それからホラー好きっていうのは、上に言うと面倒だから報告はしないように」

「俺は納得できません！」

柳川は両手をぐっと握りしめて叫んだ。大きな声は、無駄に周囲の視線を集める。

「いくら忽滑谷さんの指示でも、俺は聞けません。重要な証拠をわざと見逃すような……」

どんどんと柳川の声が小さくなっていく。なぜなら、忽滑谷がものすごい形相で相棒を睨みつけているからだ。

「君が怪しいと言ってきた三谷と……津野だっけ。もし彼ら二人がこの事件にまったく関係がなかったら、君はどう責任を取ってくれる」

「せ、責任？」

「無駄な捜査、無駄な尋問にかけた時間の落とし前をどうやってつけるかだよ」

「むっ、無駄かどうか、やってみないとわからないじゃないですか。それに捜査が空振りに終わるっていうのは、よくある……」

「無駄だとわかっている捜査を、必要とは言わない。それに犯人の目星はついた」

柳川は驚いたようにカッと目を見開いた。

「僕は理由を話した。君がその二人を署に連行して話を聞きたければ、好きにすればいい。そのかわり何も関係がないとわかったら、無駄に費やした時間分の給料を返却しろよ」

「そんな無茶苦茶な」

「自分が何で食べてると思ってるんだ。税金だぞ。国民はお前みたいな無駄なことをする刑事に給料を払う義務はない」

柳川は口をへの字に曲げて、今にも泣きそうな顔をしている。忽滑谷はアルに「もうちょっと話を聞かせてくれるかな」とこっそり耳打ちした。そして柳川には「被害者の神保優香とマネージャーの安藤について、何か気になることはなかったか、全員に聞いてきて」と命じた。

「マネージャー……ですか」

「また耳が聞こえなくなったかな?」

柳川は無言のまま踵を返し、がっくりと肩を落として関係者の方へ向かっていく。何とも哀れな後ろ姿だった。

「そろそろ僕の仕事のやり方に慣れてほしいんだけど、柳川は学習能力が低いっていうか、我が強いというか。でもま、打たれ強い奴だし、これまでのパートナーに比べたら言うことを聞く方だよ」

失意の柳川を、忽滑谷はまったく気にかけていなかった。アルは、優香と安藤のことを記憶にある限り思い出してみた。優香はともかく、安藤はほとんど話をしたこともないので、大したことは言えない。安藤が優香を殺した犯人だと確信しているけれど、これまでの二人は、安藤が一方的に優香に尽くす感じで、殺そうとするほど強い恨みを持っているようには思えなかった。

取り調べを終えたスタッフは、一人、また一人とスタジオを出ていく。津野はふらふらした足取りでスタジオまで連れてこられ、アルと目が合うと少し涙ぐんだ。緊張のあまり具合が悪くなって寝ている間に憧れの優香が殺され、その上自分が犯人と疑われて……この場にいたというだけで、事件に巻き込まれてしまったのだ。

津野はかなりショックを受けていたので、車の運転は大丈夫かなと心配したけれど、帰る頃には落ち着いて、予定通りマンションの前まで送ると言ってくれた。アルは控え室で衣装を私服に着替えてから一階に降りた。スタジオの前を通っていると「おーい、ケインさん」とスマホを耳にあてたままの酒入に呼び止められた。

「今から帰るの？」

「うん」

「ああ、今から帰るって。んっ？　ならいい？　いいって、いいのか？」

アルと喋っているような、電話で会話しているような、どちらかよくわからないまま、酒入は通話を終える。

「高塚から連絡があって、ケインさんの帰りが遅いけどまだ撮影をしてるのかって聞かれたんだ。今から帰るみたいだって言ったら、切れちゃったけどさ」

遅くなったことを暁が心配してくれているのが、ちょっとだけ嬉しかった。

帰りの車の中、アルは改めて津野に謝った。優香に会いたいという希望を叶えてあげられると思っていたのに、とんでもない結末を迎えたからだ。

「驚いたしショックだったけど……ケインさんのせいじゃないよ。気にしないで」

津野は弱々しい声ながらも、そう言ってくれた。

「……何時ぐらいだったかな、ドーンって大きな音がしたんだよ。それが気になって、部屋を出て階段のところまで行ってみたんだ。非常階段じゃなくて、建物の中にある内階段の方だったけど。何かよくわからないし、撮影の効果音かなと思ってすぐ部屋に戻って……あの音が、そうだったんだろうな」

津野はため息をついた。アルも変わり果てた優香の姿を思い出し、気持ちがズンと重くなる。そんな雰囲気を察したのか、津野は話題を変えてきた。

「ケインさんは、スマホを持ってないの？」

「ない」

「ないと不便じゃない？　高塚さんに持てとか言われないの？」

欲しいなと思う時はあるものの、今の自分には高くて手が出ない。それに昼間、蝙蝠の時には持ち歩けないし使えない。今はドラマの撮影があるけど、これが終われば夜に外へ出ることもなくなる。そうなればずっと部屋にいて暁と一緒なので、大して使わないだろう。それに部屋にあるパソコンや暁のスマホは「使いたい」と言えば、暁が使っていなければ、制限もなく自由に使わせてもらえる。

「そういえば女の人の持つスマホで、すごく飾りのついているやつがあるよね」

飾り……と聞いてアルの脳裏に浮かんだのは、優香のキラキラしたスマホだった。

「音がしたあと、廊下を歩いてたら、やたら下を見てうろうろしてる女の人がいたんだ。どうしたんだろうって気になって声をかけたら、スマホを落としたから捜してるって言ってたんだ。ピンク色で、全体にビーズみたいな飾りのついているスマホカバーで、壁紙は赤い水玉模様の蝙蝠って聞いて、眼鏡をかけてスーツを着た真面目そうな人だったのに、そういう派手なスマホカバーってのがちょっと意外でさ。結局あれって、見つかったのかな」

ピンク色のキラキラしたスマホカバーに、水玉蝙蝠の待ち受け画面。そんなスマホを持っている人が、このスタジオに何人もいるだろうか。探していたのは優香のものだったんじゃないだろうか。そして今日……安藤は眼鏡でスーツ姿だった。

「つの　くるま　とめて」

「どうしたの？　気分でも悪くなった」

「ちがう　とめて　すまほ　かして」

津野は車をコンビニの駐車場に入れた。アルは津野のスマホを借りて、暗記していた忽滑谷の番号に電話を掛けた。優香のマネージャー、安藤の写真があったら送ってほしいとお願いする。すると三分もしないうちに、津野のショートメールに写真が届いた。送られてきた画像を、アルは津野に見せた。

「これ　すまほ　さがしてた　ひと？」

津野は画面を覗き込み、驚いた顔をした。

「そうだよ、この人だ。ケインさん、どうしてわかったの？」

アルは安藤のスマホを見たことがある。優香の撮影中、安藤が頻繁に使っていたからだ。黒っぽいという印象しかなく、間違ってもピンクではなかった。津野が控え室で聞いた大きな音は、おそらく優香が落下した時のもの。安藤は優香が落ちたあとに、彼女のスマホを捜していたことになる。なぜ安藤は優香のスマホを捜さなければいけなかったのか。ひょっとして、安藤にとって「都合の悪いもの」が優香のスマホの中に残されていたんじゃないだろうか。

アルは津野のスマホをもう一度借りた。津野には聞かせない方がいい気がしたので、今度は車の外に出て忽滑谷に掛ける。そしてワンコールで出た忽滑谷にこう言った。

「ゆうかの　すまほ　あんどう　さがす　そこ　なにかある　きっと」

マンションに帰り着いたのは、午前三時になろうという頃だった。部屋には電気がついていて、その明るさにアルは酷くホッとした。

暁はアルの定位置のソファで寝そべって本を読んでいた。時計を見上げ「遅かったな」と呟き、ソファに座り直した。

「すたじおで　ひと　しんだ」

「酒入に聞いた。主演の女優が亡くなったんだろう。自殺か事故かわからなくて、忽滑谷も来てたんだってな」

「ころされた　おもう　ぼく　はんにん　わかった」

暁は「えっ」と小さく声をあげた。

「しょうこ　ない　けど　におい　わかった」

暁は「そりゃまた……」と頭をガリガリと掻いた。

「ぬかりや　はなした　しょうこ　さがすって」

そうか、と暁は息をついた。

「とりあえず、風呂に入って寝ろ。俺ももう寝る」

暁は本をテーブルの上に置いて、立ち上がった。

「ぼくの　しんぱい　した？」

別に、とそっけなく答えて暁はベッドの中に入る。アルはその後を追いかけた。

「あきら　さかいり　でんわ　した」

暁はモゾリと寝返りを打って、壁の方に顔を向けてしまう。

「きいた　こと　へんじして」

お願いしても無言。アルはベッドの下に座り込んで、スプリングに頭をもたせかけた。暁の後頭部をじっと見つめる。耳を澄ませると、息遣いが聞こえる。

「……いつまでそこにいるつもりだ」

壁を向いたまま、暁が喋る。

「ここにいる　だめ？」

「お前の寝床はソファだろうが。いい加減夜も遅いのに、人が傍にいると気が散って眠れん」

「しんだひと　みた　きょう　すごく　さびしい　かんじ」

「いつもセンターでご遺体を見てるだろうが」

「ぼく　ゆうか　さわった」

触ったせいだけじゃない。気づいてしまった。優香を可哀想だと、心からそう思ったのに、そんな優香の血を欲する自分への失望。理性も失いかける本能に心底、うんざりする。誠心誠意、心をこめて祈って、感謝して、そうやって血を分けてもらっても、切羽詰まれば容易に浅ましい本能が剝《む》き出《だ》しになる。こんなのは嫌、自分はこんな人間じゃなかったと思いたいのに、今の自分を否定できない。あるものをナシにすることはできない。

モゾモゾと暁の頭が動いて、こちらを向いた。

「そういえば亡くなった女優は、飛び降り……っていうか、高い場所から落ちたって酒入は言ってたな」

「かおはんぶん　つぶれた　てとあし　まがった」

「知り合いのそういう姿をまともに見たりするからだ。ああいうのは後々になってメンタルにダメージが……」

「ぼく　ち　ほしい　かった」

こんなの言わなくていいことなのに、喋るのを止められない。

「しんだ　かわいそう　おもう　でも　ち　ほしい　かった」

「明日……いや、今日で前に飲んでから七日だろ。腹も空いてくる頃だし、仕方ないんじゃないか」

必死の告白があっさりと受け流されたことに驚いた。

「ぼく　じぶん　わるい　おもう」

「お前も悪いのかもしれんが、腹が減るのは仕方ないだろ。それにお前は腹が減ったら見境がなくなるからな。……まさかお前、人のいる前で女優の血を啜ったんじゃないだろうな」

「みたに　ぼく　とめた」

人前でペロペロと血を舐めていたら、間違いなく大騒ぎになっていただろうし、自分自身もショックを受けたに違いなかった。

「未遂でよかったな。いくら抑制がきかなくなるからって、死んだ知り合いの血を舐めた日には、お前もやりきれんだろうから」

もう動いていないはずの心臓が、感電したみたいにビリッとした。血をもらえないと生きていけないという現実。仕方がないとわかっていても、心のどこかにわだかまりがあった。感謝しても、祈っても、たとえ綺麗なご遺体になれるよう手伝っても、そのわだかまりをなくすことはできなかった。考えると辛いから考えないようにして、けどそれが今日、優香の死で明らかになった。どれだけ取り繕っても、自分は駄目なんだと。切羽詰まれば、見境がなくなるんだと。

暁はそんな自分を否定しなかった。血しか飲めなくて、お腹が空いて、見境がなくなっても仕方ないって言った。そんな自分自身を嫌悪していることも、ちゃんと理解してくれている。

暁が「お前、どうして泣いてるんだ？」と戸惑いがちに聞いてきた。受け入れられていることが嬉しいから泣いているなんて、きっと暁にはわからない。

「そんなに悲しかったのか？」

　返事をせずに、暁の頬に触れた。優香の頬とは違う。生きている人間の熱がある。嬉しくて妙に切なくて、アルはベッドの上まで身を乗り出した。暁の頭を抱えて、百日分のおやすみのキスをする。気持ちが落ち着いても、アルは抱きかかえた頭を離したくないと思った。

「きょう　ここ　ねていい？」

　耳許で聞いた。

「さびしい　おんなじベッド　ねていい？」

　暁は「いい」とは言わなかった。そのかわり壁際にごそごそと体を寄せて、スペースを空けてくれる。飛び上がるほど嬉しくて、隣に潜り込むと暁の背中にぴったりとくっついて、温かい首筋に鼻先を押しつけた。

　もうどこへも行きたくない。お金が貯まっても、ひとり暮らしができるようになってもここにいたい。ずっと暁の傍にいたい。馬鹿、アホと罵られ、殴られてもいいから傍にいたい。乱暴で口が悪くても……優しいから、傍にいたい。

　恋愛も恋人もいらないという暁。どうしてそんな寂しいことを言うのか、理由が知りたかったけど、もうそんなの知らなくていい。暁には恋愛も恋人もなくていい。そしたらずっと一人で、自分が傍にいても邪魔には思わないだろう。

そんなことを考えているうちに、思い出した。自分は死なない。中途半端でも吸血鬼だから、怪我をしても治るし、歳も取らない。だけど暁は人間だ。一年一年と確実に歳を取って、いつか死んでしまう。吸血鬼じゃないから、人間だから。暁が死んだら一人になる。また一人ぼっちで取り残される……。

「俺と一緒にいても、泣くんじゃないか」

嗚咽は我慢したのに、シュンシュンと鼻が鳴るから泣いているとばれてしまった。

「ぼく　どれだけ　いきるかな」

ぽつりと漏らした言葉に、自分で怖くなる。本当にどれだけ生きるんだろう。

「そんなこと俺が知るわけないだろ」

期待してなかったのに、そっけない返事が返ってくる。

「ふつう　いきて　ふつう　しにたかった」

あ、でも……と付け足す。

「きゅうけつき　なる　ない　でも　あきら　あいたい」

アルは目を閉じて想像した。大学を卒業して、俳優になって、日本に撮影に来て暁と知り合う自分。どうやってかはわからないけど、きっと仲良くなる。暁と一緒に歳を取っていくというのはどんな感じなんだろう。吸血鬼になってしまった今、そんな未来は永遠に訪れることはないのだけれど。

「永遠の命っていうのは太古の昔から人間の夢だったはずなんだがな」

独り言のように暁は呟いた。それから十分もしないうちに、隣の息遣いが変わった。スウスウと規則的なものになる。……眠ったのだ。

温かい首筋の匂いを嗅ぎながら、ぼんやりと考える。牙はなくても、死んでしまうぐらい血を吸ってしまったら、暁を仲間にできるのかなと。……考えてみただけで、実行できるはずもなかった。怒られるのも怖いけど、自分と同じ状況に墜《お》ちて苦しむ暁の顔を見るのだけは絶対に絶対に嫌だった。

優香の転落死は、事件のあった翌日にニュースで大きく取り上げられた。転落の原因については不明で、警察からも捜査中というコメントが出された。ワイドショーでは「自殺」ではないかという見方が圧倒的に多かった。なぜなら、優香が妊娠していたという事実が発覚したからだ。すると、優香が父親ほどの年齢の男性とデートをしていたという証言が出てきた。許されない恋、いわゆる不倫の果てに妊娠したものの、相手に振られてしまい失意の果ての自殺……と勝手に話が作り上げられていた。

『BLOOD GIRL まひろ』は、全十話のうち八話目までを撮り終えた時点で撮影は中断。

ドラマの放送も中止が決定したと、事件のあった翌日に酒入から連絡があった。いつもお気楽な雰囲気の酒入も、アルに事情を伝えるその口調は重かった。

事件のあった翌々日、午後三時過ぎに緊急のエンバーミングの依頼があった。松村からの電話を受けた暁がそのまま引き受けることになったけれど、最初から室井には「今回は俺一人でやる」と言っていた。

「時間が遅くなるからですか？　それなら、就業時間の間だけでも手伝わせてください」

室井が食い下がっても、暁は「事情がある」と頑として断り、午後四時過ぎから一人で処置室に入った。

午後六時三十分、更衣室のトイレで蝙蝠から人間に戻ったアルは、服を着て外に出ると玄関に回り、出勤してきた振りで受付でタイムカードを押した。再び更衣室に入り、掃除用の服に着替える。控え室を覗くも、暁はまだいない。処置をしているのだ。全て終わるまで掃除はできないけれど、時間もあるし、自分にも何か手伝えることはないかなと思ってCDCルームを覗くと、扉の開く音で気づいたのだろう、処置室の奥から「入ってくるな」と暁の厳しい声が飛んできた。アルは驚いてその場に立ち尽くす。程なく処置室とCDCルームの間のドアがウィンと音をたてて開いた。暁が出てくる。

「俺が今、処置しているご遺体はお前の知っている人間だ」

その一言で、察しがついた。修復があると聞いて「傍で見ていてはいけませんか」と言った津野も暁は帰していた。

「ゆうか？」

「そうだ。解剖も入っている上に、顔だけじゃなく手足の修復もあるから、あと三、四時間はかかる」

アルは優香の最期を思い出した。潰れた顔と、曲がった手足。温かいのに死んでしまっていた体。

「ぼく　てつだう」

暁は露骨に眉を顰めた。

「駄目だ」

「ゆうか　ため　なにか　したい」

「やめとけ。お前、あの日もずっと泣いてたじゃないか。俺が言うのも何だが、知っている人間の壊れた姿を見るのはきつい」

「なくいい　なにか　したい」

暁は奥歯を噛み締めるように口許を引き結ぶと「勝手にしろ」と吐き捨て、処置室へと戻る。アルもいつも以上に緊張して仕事場へと足を踏み入れた。

優香は既に全身の洗浄を終え、防腐処置が施されていた。足は両方ともまっすぐになっていたけれど、右腕はねじれたままだし、頭は半分ないまま。暁はいつも通り淡々と処置をしていく。右腕のねじれを修復し、頭の処置にかかる前、一度だけチラッとこちらを見た暁と目が合った。けど何も言われなかった。

何かしたい、と言って処置室に入ったものの何もできなかった。体の損傷が激しすぎて、マッサージすらも。暁が黙々と修復していく様を、ただ見ているしかなかった。

欠けていた部分が補われていくにつれ、アルもホッとしてきた。なくなっていたものが、暁の手の中から作りあげられていく。あのちょっと意地悪で綺麗な優香が戻ってくる。

「ゆうか　ピンク　すき」

メイクをしている暁に教えると、唇を深みのあるピンク色にしてくれた。淡いチークで頰の血色もよくなる。用意されていた服は薄手のベージュ色のワンピースで、優香にとてもよく似合っていた。

着替えとメイクをすませて、棺の中へと移動させる。優香は見違えるほど綺麗になった。死に至るほどの落下の衝撃は消え去り、長い時間をかけて、優香はうっすら笑っているように見える、美しく幸せな寝顔を取り戻した。今にも目を覚まして「ケインって趣味悪いし」と憎まれ口を叩きそうだ。

アルは優香の頰にそっと触れた。冷たく、人の肌の柔らかさは失ってしまっているけれど、それでも綺麗だった。

「ゆうか　あきらのとこ　きて　よかった」

綺麗にしてもらえてよかったね。綺麗な顔に戻ってよかったね。嬉しいのに涙が出てきてグスグス鼻を鳴らしていると、暁にティッシュを箱ごと渡された。

優香の遺体は、処置が終わってから三十分もしないうちに引き取られていった。明日、ファンに向けての告別式が行われる予定らしいと松村さんに聞いた。

アルは棺を載せた車を見送りながら、泣いてしまった。処置室を掃除している時もボロボロと泣いて、仕事を終える頃には目が腫れ上がっていた。家に帰ってからも、ソファに腰掛けたままぼんやりとする。ガチャンとドアの音がして振り返ると、部屋の中でひとりぼっちになっていた。出かけたらしい暁を、慌てて追いかける。

マンションの廊下に見慣れた後ろ姿がいる。アルが追いかけてきていることに気づいたのか、暁は立ち止まったままこちらを見ている。

「どこ　いく？」

「弁当を買ってくる」

アルはご飯を作るのを忘れていたことを思い出した。

「ぼく　つくる」

そう言ったけれど「腹が減った。待てん」と断られた。暁はサッサと歩き出す。アルは一度は部屋に戻ったものの、どうしようもなく寂しくなり、鍵を手に暁の後を追いかける。追いついて隣に並ぶと、暁は驚いて「どうした？」と聞いてきた。

「ひとり　へや　いる　いや」

暁は帰れとは言わなかった。二人で並んで、ゆっくりと歩く。暁は一番近いコンビニを通り過ぎた。

「ここはいる　ないの？」

「そこの弁当は好きじゃない」

暁は橋を渡った、向こうのコンビニまで行こうとしている。

「ありがとう　あきら」

川沿いの道を歩きながら、ぽつんとお礼を言うと「何が」と問い返された。

「ゆうか　きれい　なった」

「……仕事だからな」

「しごと　でも　ありがとう　きっと　ゆうか　よろこぶ」

暁は何も言わなくなった。歩く足が少し速くなる。

「てつなぐ　いい？」

「嫌だ」

「ぼく　さびしい　てつなぐ　いい？」

返事はない。いいのかな、駄目かなと思いつつ暁の隣に並んで右手を握ると、ちょっと震えたものの暁は振り払ったりしなかった。

暁の手は温かい。触れてるだけで、胸まで温かくなる。人のこと、自分のこと、色々考えていると気持ちが暗くなってくるのに、暁が傍にいたら楽になる。握った手をぎゅっと握りしめたら、歩く足が不思議と速くなった。

「あきら　やさしい」

途端、温かい手が振り払われて、暁の足がもっと速くなる。

「まって　まって」

アルは置いていかれないよう、急いで後を追いかけた。

一度は放送中止になった『BLOOD GIRL まひろ』だったが、中止を発表した途端、テレビ局には「優香の最後のドラマを見たい」というメールや電話が殺到し、ＳＮＳでも放送を希望する意見が多く見られた。あまりに反響が大きいので、テレビ局内でも放送するか否かについて何度も話し合いをしているが、なかなか結論は出ないと酒入は言っていた。

スクープされた不倫やその結果の妊娠も確定ではなく、死の真相はグレーのまま優香の追悼番組は放送された。家族や事務所へのインタビューが行われ、優香がどれだけこのドラマに思い入れを持っていたのかが語られると……優香は真面目に役柄に取り組んでいても、作品そのものの出来に対してはクールだったけれど……それが世間の同情を集め、好意的な追い風になった。

テレビ局は「追悼」を前面に押し出し、遺族の了承も得て『BLOOD GIRL まひろ』の放送を決定した。そして撮影できなかった残りの二話は、優香の代役を緊急オーディションで募集するという形をとったところまた話題になり、『BLOOD GIRL まひろ』は深夜枠にもかかわらず、桁違いの視聴率を叩き出した。

優香の死に関しては非常階段から、それも後ろ向きで落下など不自然な点はあるものの、夜眠れず精神科で睡眠薬を処方されていたことが判明し、それが発作的な自殺の説を後押ししているようだった。

優香のマネージャーである安藤にはいくつか怪しい点があったが、動機と決定的な証拠がないと忽滑谷は話していた。気難しい上に気分屋の優香を、安藤はよく面倒を見ていた。それは事務所の人間も証言している。

忽滑谷が「殺人」を主張し一人で奮闘するも、上は「自殺」で片付けようとしているらしく、捜査がやりづらいとぼやいていた。

新しいまひろ役をまじえての残り二話分の撮影にアルも当然ながら招集された。暁は遂げたかった。

「まだやるつもりか」と渋っていたけれど、アルは自分の役を最後まできっちりとやり

撮影再開当日、スタジオでは優香の冥福を祈って黙禱《もくとう》が捧《ささ》げられた。マネージャーの安藤もやってきて、優香の遺影を抱き、疲れた表情でスタジオの隅に座っていた。黙禱が終わったあとも安藤はスタジオに残り「撮影風景を優香に見せてやってもいいですか」と聞いていた。

酒入は二つ返事で「どうぞ」と答えていた。そんな安藤の姿を、記者がカメラにおさめる。それを横目に三谷は「明日のスポーツ紙に載りそうだね」と皮肉っぽく呟いた。

「ドラマが注目されるのは嬉しいけど、優香さんが亡くなった影響が大きいから、複雑だなあ」

三谷の本音がぽろりともれる。

「ぼく　きれいなゆうか　いっぱい　ひと　みてほしい」

すると「ケインさんは優しいね」と言われた。自分は優しくなんかない。臆病者だとは思うけれど。

スタジオの隅にいる安藤が視界に入るたび、どうして優香を殺したんだろうと考えてしまう。反対に安藤からは、チクチクと刺さるような視線を感じる。それが気になって仕方ない。

優香の代役にたてられたのは素人の現役女子高生だった。すごく緊張していて、何度も台詞を間違えてしまうなど、ミスを連発した。

これは時間がかかりそうだなぁと思っていると、案の定撮影は徐々に遅れていった。あまりにミスを連発するのでスタジオ内は微妙にピリピリとした雰囲気になり、それを察したのか酒入は「十五分休憩」と右手をあげた。

アルはスタジオを出て、控え室に向かった。短い休憩の場合、控え室にはあまり戻ったりしないけど、絡みつくような安藤の視線が気味悪かった。そんなアルに三谷もついてくる。アルは畳敷きのスペースに腰を下ろし、フーッとため息をついた。三谷は向かいにある椅子に跨《また》がり、反対向きに腰掛ける。

「ケインさん、疲れてる？」

「だいじょうぶ」

「でも元気ないよね。まぁ、今日の撮影はそれでなくてもちょっと疲れる感じだし」

新人の子の相次ぐNGのことを三谷は言っている。

「だいやく　いっぱい　がんばってる」

「うん。素人さんで初めてのドラマだし、NGは無理ないんだけどさ。あと、何げに安藤さんがいるのも、俺的にはプレッシャーなんじゃないかと思うんだよね」

不意に出てきた安藤の名前に、アルはドキリとした。

「気のせいかもしれないけど、安藤さんってずっとケインさんのこと見てない？　あの目、ちょっと怖いんだけど」

「……きのせい　たぶん」

そうかなあ、と三谷は座っていた椅子をギシリと軋《きし》ませた。

「優香さんが自殺だってほぼ確定するまで、安藤さんはかなり長く取り調べられたらしいよ。やっぱりああいうのって、近くにいた人から疑われるものなのかな。俺の場合、ホラー好きっていうのがあるから、変に疑いをかけられるんじゃないかってマネージャーが心配してたけど、簡単に終わって呼び出しとかなかったし」

自分たち以外誰もいないのに、三谷はキョロキョロと周囲に視線をやった。

「ケインさんだから話すんだけどさ、俺、優香さんは本当は殺されたんじゃないかって今でも思ってるんだ」

アルはゴクリと唾を飲み込んでから「どうして？」と問い返した。

「優香さんが亡くなる前日、別の番組で彼女と一緒になったんだよ。ほら、あの子って人の好き嫌いが激しいから、一緒にドラマをやってても俺はほとんど話したことなかったんだよね。でもその番組でお互いエレナ・ニースのファンだってことがわかって、もうすぐ来日するって話で盛り上がったんだ」

エレナは全米で大人気のシンガーソングライターで、二十代を中心に絶大な人気があり、ちょっとハスキーな声は、聴いているとやみつきになるということだけど、アルは知らなかった。多分、自分が吸血鬼になってからデビューしたミュージシャンだからだろう。この体、この生活になって以降、流行やおしゃれからは遠ざかってしまっている。

「彼女、アリーナの席を確保してるって自慢してたんだ。そのあとで食べ物の話題になって、六本木にある『ポポルカ』ってカフェのガトーショコラが美味しかったって話をしたら『明日、安藤に買ってきてもらう』とか言ってたんだよね」

三谷は顎をさすった。

「衝動的って言われたらそれまでだけど、ライブのチケットを取ったり、美味しい食べ物の話を嬉しそうにしていた人間と自殺っていうのが、どうも俺の中で結びつかないんだよね。それに優香さんって見た目は可愛いけど、芯が強かったと思うし」

優香の死を、他殺だと疑っている人間は少なからずいるのだ。同志を得たようで嬉しくなる。

フッと一息ついたあと、三谷はじっとアルの目を見つめた。

「ケインさんは、霊とか信じる?」

アルは背筋がゾワッとした。

「ぼく　おばけ　みる　ない」

「見る、見ないじゃなくて、信じるか信じないかって話」

三谷の目が真剣で怖い。アルは「しんじる　ちょっと」と曖昧極まりない返事をした。

「これは、町田さんから聞いた話なんだけど……」

町田は暁のことをストライクど真ん中だと言っていたヘアメイク係だ。アルの厚塗り整形メイクの担当でもある。

「優香さんのメイクをしてたのは井ノ原さんって人なんだけど、町田さんがその井ノ原さんと仲がよくてさ。で、優香さんが亡くなってから何度か、井ノ原さんは優香さんのスマホの着信音を聞いたらしいんだよ」

アルはブルッと全身で震えた。

「優香さんの着信音って、エレナ・ニースのマイナーな曲だったみたいでさ。メイクしている時も優香さんに頻繁に電話がかかってくるから、井ノ原さんも覚えてたらしい。それが優香さんが落ちて亡くなった駐車場の辺りから聞こえてくるんだってさ」

三谷は静かに、淡々と語る。

「ケインさん、この話って初めて聞いた？」

アルはガクガクと震えながら頷いた。

「メイクさんとスタッフの間じゃけっこう噂《うわさ》になってて、優香さんの霊が、何か伝えたいことがあってスマホを鳴らしてるんじゃないかって……」

コンコン、とドアをノックする音に、アルは「ハオッ」と悲鳴をあげて跳び上がった。

「休憩中すみません。三谷さん、ディレクターが呼んでいるので、至急スタジオに来てもらえませんか」

やたらとくぐもった変な声だった。三谷は「あっ、わかりました」と返事をする。

「どうしてわざわざ呼びにきたのかな？　控え室にいるって言ってあるんだから、内線を使えばいいのに」

三谷は首を傾げつつ「またあとでね」と部屋を出ていった。一人でぽつんと取り残されると、優香の着信音の話が頭の中をぐるぐる回って、メチャクチャ怖くなる。自分にもその着信音が聞こえてしまったらどうしよう。エレナの曲を知らないので聞いてもわからないだろうけれど……わからない？　じゃあ大丈夫なんじゃないかな。

自分もスタジオに戻ろうと、控え室のドアを開けると同時に「きゃっ」という女性の声がして、アルは思わず後ずさった。

ドアの前にいたのはマネージャーの安藤。アルがスタジオから出ていった原因が、正面に立っている。

「いきなり　ドア　あけた　ごめんなさい　あたる　なかった？」

アルが謝ると、安藤は「大丈夫です。こちらこそボーッとしていたから」と苦笑いする。

「よかった　じゃあね」

アルは会釈して、安藤の脇をすり抜けた。

「ケインさん」

呼び止められ、振り返った。

「なにか　よう？」

安藤は自分を見ている。スタジオにいる時のように睨んではいない。薄く微笑んでいるけど、目の奥が笑ってない感じがして気味が悪い。

「お話ししたいことがあるんです。少しお時間いただいてもいいでしょうか」

「ぼく　でばん　ある……」

理由をつけてやんわり断る。安藤はニコリと笑った。

「優香の代役、気分が優れないらしくて、もう十五分休憩を延長するそうです。そう時間は取らせませんから」

「こちらに」と安藤は先に歩き出す。休憩が延長、かつ時間を取らせないと言われたら、断る理由がない。仕方なしについていく。安藤は優香の死に関係し、そのことを秘密にしている。人を一人、殺すようなことに関与して、何食わぬ顔をしてみんなの前に立っているんだと思うと、怖くなる。

廊下の突き当たりまで来ると、安藤は非常口のドアを開けた。そこは外の非常階段へと繋がっている。建物が大きいので、大人数が短時間で逃げられるよう非常階段も広く造られていた。踊り場など、大人一人が寝られる……は言いすぎにしても、それぐらい広い。

外は風が吹いていて、安藤の後れ毛が、電球の薄暗い明かりの中でふわふわと揺れた。優香が落ちたのは、もう一つ上の三階。どうしてこんな場所に安藤は自分を連れて来たんだろう。

「踊り場で話をしてもいいですか。ほかに人が来ないところが思いつかなくて」

確かに人は来ないかもしれないが、どうしてよりにもよってこんなに不穏な場所を選ぶのだろう。

「はなし　なに」

警戒しているアルの口調は硬い。踊り場に出ていくことも、二人きりになるのも嫌だ。安藤は睨むようなアルの視線から目を逸らし、スッと俯いた。

「どうしてもあなたに告白したいことがあるんです」

声が細く震えている。

「だけど人に聞かれるのは……」

ひょっとして、安藤は優香を殺したことを自分に告白するんじゃないだろうか。それなら絶対に人の来ないところで話をしたいというのもわかる。告白の相手になぜ自分を選んだのかはわからないけど、過ちを悔い改めたい、自首したいと考えているなら、それなら、手を貸したかった。

アルはそろそろと非常階段の踊り場に出て後ろ手にドアを閉じた。二人きりになると安藤が口を開いた。

「お葬式の時、優香の顔を見て心臓が止まるかと思いました。ただ眠っているだけで、今にも起き上がってきそうだったから」

安藤は鉄の手すりに凭《もた》れて立った。

「ドラマの監修をしていたエンバーマーが処置してくれたって、事務所の社長に聞きました。ケインさんの同居人なんですってね。ドラマの原作は私も読んでいたし、エンバーマーの仕事のことも知っていたけど、改めてすごい技術だなって。あの潰れた醜い顔が、元通りになるなんて思わなかった」

言葉が途切れ、安藤はフッと笑った。

「……あんなに綺麗にしなくても、潰れたままでよかったのに」

言葉に混ざる明確な毒に、アルは眉を顰めた。

「ケインさんは、私が優香を殺したと思っているんですか」

問いかけてくる口調はあくまで穏やかだ。

「ここで誤解を解いておきたいんです。優香は自殺したんです。妻子持ちの男性と不倫をして、振られて情緒不安定になって発作的に飛び降りたんです」

アルは激しく首を横に振った。

「警察も自殺だと判断しました」

「だって　ちがう」

安藤はじっとアルを見つめた。

「……それともケインさん、あなたは何かを見たんですか」

アルは自分を落ち着かせるよう、大きく深呼吸した。

「ぼく　みるない　けど　じしゅして」

「優香の死に関わってもいないのに、自首なんてしても意味ないでしょう。おかしな人。何も見てないのに、どうして私を犯人だと疑ってるんですか」

「じゃあ　ぼく　みたいう　あんどうさん　はんにん　いう」

「どうして嘘をついてまで私を犯人にしたいのか、意味がわからないわ」

「みるない　けど　ぼくわかる　あのとき　スタジオ　きた　あんどうさん　ゆうか　ち　におい　した　だから　あなた　しんだゆうか　そばいた」

向かいあっている青白い顔が、みるみる強張るのがわかった。

「ほんとう　こと　いって　じぶん　したこと　ばつ　うけて」

安藤がアルに背を向け、手すりから身を乗り出す仕草を見せた。二階の非常階段といっても、一階にある部屋の天井が高いので、必然的に二階も高くなり、マンションの三階ぐらいの高さがある。

「いけないだめ」

飛び降りてしまう！　そう思ったアルは慌てて安藤の両肩を摑んだ。

「下に、人が倒れてるんです」

安藤が淡々とした声で呟いた。

「えっ！」

「優香みたいに、階段から落ちたんじゃないかしら」

アルは手すりに駆け寄り、真下を覗き込んだ。広い駐車場の中に、ぽつぽつと光る外灯。暗い上に、ところどころ植えられた木の葉が邪魔をして、よく見えない。

「ほら、あそこにある木の近く」

探しあぐねていることに気づいたのか、安藤が正面にある木を指さす。手すりから身を乗り出してアルは目を凝らした。木の下には何も見えないけど、枝の辺り、葉の隙間でキラッと何かが光った。

何だろうと更に身を乗り出したところで、背中に強い衝撃があった。体が大きく揺れて、手すりから上半身が乗り出す。胸がヒヤリとしたけれど、何とか足が残ってベランダに干した布団みたいな状態で止まった。よ、よかった……と思ったのも束《つか》の間《ま》、アルは右足を摑まれ、手すりの外へと勢いよく押し出された。

右手は離れた。けど左手で手すりを摑めた。アルは片手で手すりを摑んだまま、宙ぶらりんの状態になった。体が振り子みたいにゆらゆら揺れる。

安藤はハアハアと荒い息をつきながらしゃがみこむと、手すりを摑んだアルの指を一本一本外していった。

「やっ　やめて　おちる」

アルは右手で手すりを摑もうと躍起になって手を伸ばした。だけど右手が手すりを摑むよりも先に、支えになっている左手の人差し指と中指を外された。

その瞬間、体に感じた空気の抵抗と耳許に聞こえたゴオッという風の音。遠くなる非常階段の踊り場。落ちる、落ちる、落ちる……と思った時には、ズダアンッ……とコンクリートの上に叩きつけられていた。

痛いなんてもんじゃない。全身をバラバラにしてミキサーに入れ、かき混ぜられるような激痛。涙が両目からドバッと溢れる。全身が感電したみたいに、勝手にビクビクと震える。痛い、痛い、痛い……。

非常階段に、安藤の姿はない。突き落として、消えた。アルは手足を動かした。ねじれたままでも、手は何とか動く。背中は中でジャリッとする。多分、折れてる。

頭……頭は……動かしてみると、どこか頼りなかった。アルはねじれて激痛が走る手

「うわああっ……」

を動かして頭に触れた。やっぱり割れている。

　地面に落ちた時の音を聞きつけたのか、沢山の足音が近づいてくる。声が聞こえる。

「ケッ、ケインさんっ」

　自分を取り巻く大勢の人の気配。その中から、近くまで駆け寄ってきてくれた人がいた。第一スタジオで、セットをつくってくれている三十過ぎの大道具係の男の人だ。

「どっ、どうしたんだよ。なんだってまたこんなことに」

　大道具係の両手は寒がるように震えていた。

「かいだん　おち……」

　言い終わらぬうちに、口からゴボッと血が出た。

「ぼ……く　だいじょうぶ」

「もっ、もう喋らないでいいから！　だっ、誰か救急車を……」

「やめてっ」

　アルは大きな声で叫んだ。割れた頭に声が響いて、まるで船酔いしたみたいに目が回る。

「呼ばないわけにはいかないでしょ。しっ……死にますよ」

「よぶ　だめ　ぜったい　だめ」

　病院に連れていかれたら、自分が普通ではないとばれてしまう。通報されて、捕まって、アメリカ本国に送還……それだけは避けたかった。

「そっ、そんなこと言われても……」

「さかいり　よんで」

大道具係が「えっ」と問い返した。

「さかいり　よんで」

近くにいた人に大道具係が「一スタにいる酒入プロデューサーを呼んできてっ」と叫んでいるのが聞こえた。駆けつけてきた酒入は、アルの姿を見た途端真っ青になり、膝をガクガクと震わせはじめた。

「きゅっ、救急車は呼んだのかっ！」

「本人が嫌だって言うんです。酒入プロデューサーを呼べって」

大道具が事情を説明する。酒入は途方に暮れた顔でアルを見下ろした。

「ケッ、ケインさん、俺じゃ何もできないよ。医者じゃないんだ。病院に行こう。なっ」

「あきら　よんで」

「えっ？」

「あきら　よんで」

酒入が泣きそうな表情でアルの顔を覗き込んだ。

「まだあいつの世話になる段階じゃないだろう。病院に行こう。きっと助かる、助かるから……」

「ぼく　しぬ　ない　はやく　あきら　よんで！」

酒入は戸惑いながらも、暁に電話を掛けてくれた。自分の周囲には野次馬も含めて人がどんどん増えてくる。「あれ、大丈夫なのかよ」「やばいんじゃないか」と囁く声が聞こえる。

「ほかのひと　どこか　いって」

大道具係と数人が倉庫からパーテーションを運んできて、動けない血まみれのアルを目隠しするように周囲を覆ってくれた。三谷とマネージャーの桜井が、集まった野次馬を散らしてくれる声がする。

「高塚はすぐ来るって言ったけど、それでも十分、十五分はかかるだろ。あいつも救急車を呼ぶなって言ってた。本当に大丈夫なのか。高塚を待っている間に、しっ、死ぬんじゃないだろうな」

「ぼく……」

頭からぬるっと何かが出てくる感触があった。こちらを見ていた酒入が「ぎゃあぁっ」と叫んで尻餅をつき、アルは慌てて頭を押さえた。皮膚が裂け、割れた頭の骨の間から柔らかいものが飛び出しかけてる。急いで中に押し込んだ。

「だいじょうぶ」

「あんた、ちっとも大丈夫じゃないだろ！　そっ、そのぶよぶよしたのって……」

酒入の歯がガチガチいっている。

「きのせい」

「気のせいじゃないっ。なっ、中身が出かけてただろ！　あんたやっぱりすごい大怪我なんじゃないか」

「けが　ちょっと」

「うっ、嘘つけっ！　しゃっ、喋ってるけど血もすごい出て、足も曲がってて、こんな ん普通じゃないっ」

酒入のスマホに着信がある。

「えっ、どこにいるのかって……スタジオの裏手だよ。早く来いっ。お前の男をどうにかしてくれよっ」

外灯の薄暗がりから近づいてくる足音。あのせっかちな音は聞き覚えがある。パーティーションをどかすようにして暁が入ってきた。その顔を見た途端、気持ちが緩んで両目からブワッと涙が溢れた。

「このクソ馬鹿がっ。お前はいったい何をやってるんだ！」

待ち望んだ暁の第一声がそれだった。怪我人にも容赦がない物言いに、酒入が口をあんぐり開けて驚いている。

「そんなに血が出るほど怪我をすれば、当たり前だっ」

「あきら　いたい」

「だって　だって」

暁は酒入に向かって「ガムテープと包帯、鋏《はさみ》、あとタオルを……濡れたやつと乾いたやつを何枚か、それからこいつを丸ごとくるめるようなものを持ってきてくれ」と言いつけた。酒入は飛ぶようにスタジオへと戻っていく。パーテーションの中には、アルと暁の二人だけになった。

「あたま　われた　なかみ　でそう」

小さな声で訴える。

「しっかり押さえとけ」

暁はぞんざいに言い放って、アルのねじ曲がった足を見、そっと触れた。

「お前、ひょっとして高い所から落ちたのか」

「……おとされた」

暁の額に、青筋が立つのがわかった。

「誰にだっ！　こんなの殺人事件だぞっ」

そんな話をしているうちに、言いつけられた荷物を山ほど抱えた酒入がよろけながら戻ってきた。暁の治療……というより処置は野戦病院のそれだった。骨が割れて皮膚が裂け、中身の出そうな頭にタオルをあて、ガムテープでぐるぐる巻きにする。酒入は呆気にとられていたけれど、顔がミイラになるぐらいしっかりと圧迫し固定したことで、頭から流れる血は止まった。

暁は噴き出した血で真っ赤なアルの口許を拭った。衣装のマントとタキシードを切って脱がせられる。体がちょっとでも動くと、全身に激痛が走る。「あううっ」と呻くたび、暁の指先がビクッと震える。だからアルも叫ばないようにぐっと奥歯を嚙み締めた。流れ出た血のほとんどは頭からで、服を脱ぐと血みどろで手もつけられない状態から少しだけ抜け出した。暁はそんなアルをブランケットの上に移動させ、顔だけ残して全身を赤ちゃんのようにくるみ、ガムテープで留めた。

「こいつは連れて帰る」

暁はアルを両腕で抱きかかえた。

「えっ、帰るって……病院は？」

酒入の問いかけには答えず、暁はパーテーションを出た。周囲に集まっていた人に「どうもお騒がせしました」と頭を下げる。

「処置をしたので、大丈夫だと思います。もう連れて帰りますので」

周囲は「えっ大丈夫なの」「本当に？」とさざめく。そんな声を無視して、暁はアルを抱えたまま歩く。そしてスタッフ用駐車場に停《と》めてあった車の後部座席にアルを横たえると、自分も隣に乗り込んだ。……これはいつもの暁の車じゃない。

「待たせて悪かったな。マンションに行ってくれ」

運転席から振り返ったのは、室井。ブランケットでくるまれて、頭から顔からガムテープとタオルでガチガチのアルを、困惑した表情で見ている。

「ケインさん、怪我してるんですね」

「大したことない。家で二、三日寝てりゃ治る」

「どこかから落ちたみたいだって誰か言ってましたよ。病院に寄った方がいいんじゃないですか」

「大丈夫だ」

「だけどケインさん、顔が真っ青で……」

「大丈夫だと言っているだろう。マンションに戻れ！」

暁が苛々したように怒鳴り、室井は黙って車のエンジンをかけた。アルは暁の膝に頭をのせたまま、歯を食いしばってズキンズキンと脳の奥まで響く痛みに耐えた。人が沢山来て、騒ぎになって、頭の中身が飛び出したとか、普通だったら確実に死んでそうな痕跡を必死で隠している間は、痛みも我慢できていたけれど、そういうストレスから解放された途端、痛みの比重が大きくなった。痛い、痛い、痛い。涙がポロポロ出てくる。

濡れっぱなしの目許を、暁が指先でそろそろと拭ってくれる。

「よけいなお世話かもしれないけど、ケインさんはやっぱり病院に行った方がいいと思います」

運転席から室井が声をかけてきた。

「いいって言ってるだろ」

「怪我をしてるんでしょう。家で手当てをするにしても、限界があると思います。解剖の知識はあっても、高塚さんは医者じゃない。エンバーマーなんですよ。生きてる人間を扱えるとは……」

「うるさい、黙れっ」

室井がビクリと震えるのが、バックミラー越しに見えた。

「病院につれていくつもりなら、ここで降ろせ。タクシーで帰る」

室井は黙り込んだ。アルが血を飲んだのは二日前。一度お腹いっぱいまで飲んだら、一週間は何も口にしなくて平気だけど、今日は沢山の血を失った。気力も血と一緒に流れ出るのか、体に全然力が入らない。このままだときっと再生も遅い。アルは痛みを紛らわせるように、頭をもたせかけている暁の膝に鼻先を押しつけた。

「うわあっ」

室井が叫び、車が急ブレーキをかける。衝撃でアルは座席から転がり落ちて「ぎゃっ」と叫び、シートベルトをしていた暁も前の座席に顔をぶつけて小さく呻いた。

「すっ、すみません。急に子供が飛び出してきて……大丈夫ですか」

室井が慌てて振り返る。落ちた衝撃で捻れた足をぶつけ、痛みに震えるアルを、暁は無言のまま抱き起こした。……ふわりと血の匂いがする。甘い血の匂い。シャワーを浴びてもなかなか消えない、暁の体臭に固定液と古い血の混じった独特の匂いじゃなくて、もっと新しい……。

アルはクンクンと鼻を鳴らした。それを見ていた暁が「どうした？」と顔を覗き込んでくる。近くにある暁の顔、唇の端が擦れてうっすらと血が滲んでる。アルは蓑虫《みのむし》になった体を精一杯のばして暁の唇をペロリと舐めた。甘い。

傷に障ったのか、暁は「痛っ」と呟いて体を起こした。たとえ一滴でも、飢えた体にその血は染みこむ。アルは甘露のような血が欲しくて、無意識に「もっと　もっと」とおねだりしていた。

「家まで我慢しろ」

「いや　いま　ちょうだい　いま　ほしい」

欲しがってむずかるアルの頭を、暁は撫でる。優しいだけで満たされない行為に、アルは全身を揺さぶって涙をこぼした。

「帰ったらやるから、泣くな」

車がノロノロと動き出す。車内はエンジン音と、アルのすすり泣く声だけが響いていた。しばらく揺られたあと、車はゆっくりと止まる。マンションに着いたのだ。暁は無言のまま車を降り、アルを抱き上げた。室井も暁の通勤鞄を手に車から出てくる。

「鞄は俺が部屋まで持っていきます」

「大丈夫だ。一人で持てる」

「けど、ケインさんを抱いてるから両手が塞がってますよね。鞄を持って、逆にケインさんを落っことしたら大変ですよ」

暁は少し考える素振りを見せてから「悪いが、鞄は頼む」と呟いた。エレベーターの中で室井はぽつりと「明日、迎えにきますよ」と口にした。

「高塚さんの車、エンジンがかからなくてセンターに置いたままですよね。明日出てくる時、足がないと困るでしょ」

「自転車があるから大丈夫だ。雨が降ったらタクシーを使う」

エレベーターが止まる。部屋の前まで来た暁は、室井に「鞄の中に鍵があるから、ドアを開けてくれ」と頼んでいた。

部屋に入った暁は、真っ先にアルをベッドの上に横たわらせた。そして廊下まで上がってきていた室井から鞄を受け取り「今日は振り回してすまなかった」と謝っていた。

「振り回されたなんて思っていません」

「俺の都合でお前を使ったんだ。悪かった」

暁は玄関まで歩き、ドアを開けて振り返った。俯き加減に、室井が苦笑いしている。

「俺はサッサと帰った方がよさそうですね」

室井は玄関で靴を履き、見送る暁に向かってこう言った。

「ケインさんって恋人なんですね。……もう隠さなくてもいいです」

「違う」

「でも車の中でキスしてた」

拗《す》ねた子供みたいな口調で室井は反論する。

「違うって言ってるだろ。あれは挨拶だ。外国人ってのはああいうモンだ」

「じゃあああの程度のスキンシップは、いつもしてるってことですか」

室井はじっと暁を見ている。

「あれが挨拶なら、俺ともしてもらっていいですか」

沈黙のあと「最悪だな、お前」と暁は呟いた。室井はカッと顔を赤くし「すみませんでした」と小さな声で謝ると、逃げるように部屋を飛び出していった。暁はガリガリと神経質に頭を掻きながら、ベッドの傍に近づいてきた。ふわっと甘い匂いがしたかと思うと、暁は無言でアルの口許に腕を近づけてきた。肘の内側から、ポタポタと血が滴る。アルは一滴もこぼさぬよう、小さな傷口に吸いついた。

甘い、美味しい。体の中にその血が染み渡り、痛みが徐々に薄らいでいく。このまま、このまま血を全部吸ってしまったら、暁はどうなるだろう。死んでしまって、吸血鬼になるかもしれない。……アルは渾身の力を込めて腕から口を離した。

「もういいのか？」

完全には治っていないので、ズキズキした痛みは残っている。それでも前みたいに内臓を切り裂いて落とされたわけじゃないから、最初に比べたら随分と楽になった。これなら我慢できる。

「いたい　らく　なった　ぼく　だいじょうぶ」

暁は腕の血が止まると、アルをがんじがらめに巻いていたガムテープを外した。体を包んでいたブランケットや、頭を押さえていたタオルも。体の修復がはじまる時は、貴重な血液を外へ漏らさぬよう、皮膚から優先的に治っていく。なので頭の皮膚はもう綺麗にくっついているはずだ。

「お前、全身が血だらけだな。シャワーを浴びてこい」

「うん」と答えたけれど、起き上がれない。手足は動いていても、駄目だ。折れた背中の骨がまだ治ってない。

「アル？」

暁が顔を覗き込んでいる。

「どうして動かないんだ？」

「ぼく　もう　ねる」

「寝るって言っても、血だらけだぞ……」

喋りながら、暁は眉を顰めた。

「お前、もしかしてまだ治ってないんじゃないのか」

ギクリとした反応が顔に出てしまっていたのか、暁は怖い表情になる。

「変に遠慮しないで、飲めばいいだろ」

「えんりょ　ない　いたい　がまんする」

「やっぱり痛いんじゃないか！」

アルはしまった、と思った。

「いたい　けど　ち　もういい」

「俺の血は不味いから、必要最低限でいいってことか！」

「ぼく　あきら　しぬまで　すう　やだ」

「お前は極端なんだよ。俺だって死ぬのなんか冗談じゃない。ぎりぎり大丈夫な程度でやめりゃいいんだ」

「でも　いるない」

暁はもう何も言わなかった。無言のまま血で汚れたアルの手足や頭をお湯で濡らしたタオルで拭って、上からブランケットをかけてくれた。そして自分はいつものアルの定位置、ソファで横になり明かりを消した。

「あきら」

呼んでみても、返事はない。

「あきら　いっしょ　ねて」

自分の声だけが、暗い中に響く。

「いたい　がまんする　でも　さびしい　いや」

胸が熱くなって、アルの両目からボロボロと涙がこぼれた。鼻がスンスンと鳴る。しばらくすると、ドンドンと苛ついた足音が近づいてきた。ベッドサイドが明るくなって、まぶしさに何度も瞬きする。

「いい加減にしろっ。何甘えたこと言ってんだ、クソ馬鹿」

暁は低い声で唸った。

「さびしい」

涙がつーっと頬を伝う。奥歯を噛むような表情を見せたあと、暁はアルの体を壁際に寄せて隣に入ってきた。暁の体温が傍にあるのが嬉しい。心細い時に、文句を言いながらも近くにいてくれるのが嬉しい。

「夜中、我慢できなくなったら起こせ」

そっけなく言い放ち、暁は目を閉じた。痛くなったら、また血をくれるのかもしれない。

「ぼく　だいじょうぶ」

右手で探っているうちに、暁の手に触れる。アルは温かい手をぎゅっと握りしめた。

「いま　せかいいち　あきら　すき　ぼく」

暁の指が少し震えた。

「ぜったいぼく　おもう」

アルは自信を持って宣言した。体は痛いのに、心はとても穏やかだ。こんなに酷い目にあわされたのに、安藤を恨む気持ちにはなれなかった。不思議とそういう感情は湧き上がってこなかった。

アルが怪我をした翌日、スポーツ紙には「撮影現場でまた事故。外国人俳優、重傷。神保優香の霊!?　呪われた『BLOOD GIRL まひろ』」とでかでかと記事が載せられた。

「高塚さん、あれってケインさんのことだろう。大丈夫なのかい」

心配して聞いてくる小柳に、暁は「命に別状はないし、死にはしない」とざっくりした返事をしていた。

「けどさ、死んだ女優と同じ階段から落ちたんだよね」

「一つ下の階からだし、あいつはもとが頑丈だからな」

「いくら頑丈っていったって……」

小柳は気になっていたようだけど、取りつく島のない暁に「大丈夫ならまあ」とそれ以上の追及はしなかった。

「アルの調子も悪いんでしたよね」

暁のデスクの上、籠の中に入れられて出勤したアルを、津野が覗き込む。心配そうな津野に、大丈夫だよ、のつもりで「ギャッ」と鳴いた。

「そいつは夏風邪だ」

津野は神妙な顔で「蝙蝠も風邪ってひくんですか」と聞いてきた。

「風邪ぐらいひくだろ」

なおも津野は不審そうな顔をしているので、アルはわざと咳っぽく「クギュッ　クギュッ」と鳴いて風邪の演技をしてみせた。

室井は珍しく始業時間ぎりぎりにやってきて、「おはようございます」と挨拶はするものの、暁と目は合わせなかった。

その日の夕方、アルはご遺体から大量の血をいただいて、体は完治した。自分の痛みを取り除いてくれたご遺体に言葉に尽くせないほど感謝して、手を合わせる。お見送りまで終えてから、いつも通り処置室の掃除をした。

　翌日、アルは昼間にセンターを出て撮影スタジオに向かった。自分が落とされた場所の手すりにとまり、下を眺める。安藤に突き落とされる直前に見た、木の枝の間で光っていたものがずっと気になっていた。目を凝らしていると、キラッと光る箇所を見つけた。そこを目指して飛ぶ。……あった。木の枝と葉が重なった部分に、スマホが引っかかっている。このキラキラとした光り具合は、優香のものに間違いない。

　アルはスマホリングを両足で摑んで飛んだ。……が重たくて、ふらふらする。途中で何度も休憩を挟まないとだめだった。センターに戻った時には疲れて息も絶え絶えの状態。入口の前でぐったりしていると、受付の松村が見つけて控え室まで連れていってくれた。

「高塚さん、アルが変なのよ。スマホから離れないの」

　暁はスマホにしがみついてるアルを見て「お前は何をやってるんだ？」と眉を顰めた。

　日が落ち人間になり、処置室の清掃を終えて控え室に戻ったアルは、待っていてくれた暁に「すまほ　みる　どうする？」とピンクのスマホを突き出した。

「充電切れだから、充電すればいいだろ」

「どうやって？」

「お前、これは誰のスマホだ？」

「ゆうか　すまほ　たぶん」

暁の眉間が、ひくひくと動く。

「どうしてお前がそんなものを持ってるんだ」

「きのうえ　あった　ゆうか　ころす　あんどう　これ　さがす　しょうこ　あるかも」

マンションに帰ってから、暁は優香のスマホを充電してくれた。壊れてはなかったらしく、充電を終えて電源を入れると水玉蝙蝠の壁紙が出てきた。だけど肝心のパスワードがわからないから開けない。よく生年月日や誕生日をパスワードにする人がいるけれど、それはやめておいた方がいいですとどこでも注意喚起される。

とはいえ手がかりが何もないので、試しに優香の情報サイトにあった生年月日を入力すると、ロックが解除されてびっくりした。優香、不用心すぎる……と思いながら、メッセージ形式のSNSを開く。日本語を話すことはできても、文字を正しく読むのはまだまだ無理。これは忽滑谷に任せようと思いつつ、つながっている仲間をざっと見る。その中で一人だけ、番号で表示されて名前らしきもののない相手がいた。気になって開いてみると、頻繁に優香とやり取りをしていた。けど読めない。

「あきら　メッセージ　よんで」

どうして俺が！　と文句を言いながらも暁は読んでくれる。

「今日はすっごく楽しかった～ペンギンとかメチャかわ。飼いたい！　ってむり！　また水族館にいこうね」

とても楽しそうな文章なのに、暁が抑揚をつけずに読むとちっとも楽しそうに聞こえない。

「嫌なことあったーもう、ほんとうざい。うんざりする。ねぇ、なぐさめて……おい、大したことは書いてないぞ。恋人同士の他愛のないやり取りって感じだな」

スマホを操作していた暁が「おっ」と目を大きく見開いた。

「なに？」

「これがやり取りの相手か。なかなか渋い趣味だな」

暁がメッセージ欄に添付された写真を見せてくれる。アルは「あっ」と声をあげた。優香と顔をすりあわせるようにして写真に写っている男……それは、アルが蝙蝠の時に見た、安藤亮子がスマホの待ち受けにしていた写真の男と同一人物だった。

アルは酒入に連絡をするよう暁に頼んだ。嫌がっていたけれど、土下座せんばかりの勢いでお願いしたら、渋々電話を掛けてくれた。

酒入はアルのことをとても心配してくれていたが、単に「重傷」とだけ伝えてもらった。そして酒入に三谷の携帯番号を教えてほしいと頼んだ。俳優のプライベートな電話番号を教えるなど御法度だが、アルがどうしても会いたがっているとまるで今際《いまわ》の際のようなニュアンスで伝えてもらうと、酒入も拒否しなかった。アルは暁のスマホを借りて、自分で三谷に連絡を取った。そのあとで忽滑谷にもかける。

午後十時、暁の部屋にやってきた三谷は、重傷と聞いていたアルが「まってた」と笑顔で出迎えたことに目が飛び出そうなほど驚いていた。三谷に少し遅れて忽滑谷もやってくる。役者は全員、集まった。

「みんな　きた　ありがとう　じつはね……」


翌日の午後七時五分、ホテルの部屋のドアがカチャリと音をたてた。クロゼットの中に隠れているアルは、そっと息を殺した。

二種類の足音が聞こえる。三谷と安藤が入ってきたようだ。

「料亭の個室でもいいかなとも思ったんですけど、やっぱり人に聞かれたくない話だったので。最近別の仕事で夜遅くなったりするから、事務所がホテルをとってくれてるんです」

「あ、いえ、私はどこでも。広いお部屋ですね」

この部屋はまず右手にバスとトイレがある。ベッドルームは奥にあり、間は扉で仕切れるようになっていた。アルが隠れているクロゼットはベッドルームの左手にある。

「何か飲みます？　ルームサービスでコーヒーでも頼みましょうか？」

「あ、いえ。実は私、それほどゆっくりできないんです。優香の関係する仕事の処理がまだ残っているので……」

「そうなんですね。じゃあ手短に済ませます。どうぞ座ってください」

ギシギシと椅子の軋む音がする。

「さっそくなんですけど、話というのは優香さんのことなんです。彼女の持ち物で、何かなくなっているものはありませんか」

静かな口調で三谷が問いかける。短い沈黙のあと、安藤が答えた。

「よくわかりません。私は彼女の持ち物の全てを把握してるわけじゃなかったので」

「スマホ、なくなっていませんでしたか？」

「えっ」

安藤の声に動揺が走ったのが、聞いているだけでわかった。

「……すごく言いにくいんですが『BLOOD GIRL まひろ』のスタッフで、俺の知り合いの男が優香さんのスマホを拾ったそうなんです。そいつは優香さんの大ファンで、魔が差して思わず持ち帰ってしまったと。そのあとで優香さんが亡くなって、返したいけど返すキッカケがなくなって……それで俺に相談してきたんです。本人には無理だけど、ご家族にスマホを返せないものだろうかって」

「……そうだったんですか」

「拾って、落とした相手が誰なのかわかっているのに返さなかったのは悪いことだと俺も思います。けどそいつ、すごく反省しているので、今回ばかりは許してやってもらえませんか。それで安藤さんには優香のスマホは事務所から出てきたってことにして、ご家族に返してもらいたいんです」

「そういうことだったんですね、わかりました。優香のスマホはご両親にお返しします。それで……その、拾った人は優香のスマホの中を見たんでしょうか？」

「多分、見てないんじゃないかな。ロックを外せなかったと言ってたから」

「その方の名前を教えてもらえませんか」

「それだけは本当に、すみません」

二人の間に、再び沈黙が落ちる。

「……そういえば『BLOOD GIRL まひろ』の撮影現場で、また事故があったのを知ってますか？」

三谷がそう切り出した。

「はい、ケインさんが重傷なんですよね。昨日、たまたま酒入さんと話をする機会があって、彼はずっと危篤状態なんだと聞きました。あの日、私は休憩中に帰ってしまったから、事故を知ったのは次の日だったので、驚いて」

「彼、今朝方亡くなったそうです。優香さんのこともあるし、変な騒ぎになるのもいけないからって入院した病院や容態は伏せられてたけど、意識のない状態がずっと続いて て……俺は仲がよかったから、経過は聞いてたんだけど」

「意識はなかったんですか？」

安藤が確かめてくる。

「……病院に運び込まれた時から、お医者さんは脳死に近いって言ってたそうです。結局、一度も意識は戻らなかったな。本当に嫌なことが続くなって」

ハーッという大きなため息は、三谷のもののようだ。

「こんな時に話すのもどうかと思うけど……安藤さん、あなたは目に見えないものの存在を信じますか？」

「何ですか。いきなり」

安藤の声が上擦っている。三谷はたっぷりと間を置いたあとでこう切り出した。

「優香さんのスマホの着信音が聞こえるって噂があるんですよ。優香さんが亡くなった駐車場の、あの辺りから。俺は優香さんがスマホを返してほしくてそんなことをしてるのかなってずっと思っていたんです」

絶妙なタイミングで、三谷のスマホの着信音が響く。計画通りだ。三谷はスマホに出ると「事務所からだ。ちょっと席、外します」と言って、歩き出した。三谷はベッドルームに入ってきて、後ろ手にドアを閉める。それと同時に、アルもそっとクロゼットから出た。三谷はアルと目が合うと、バチリとウインクをする。

キイーッ……アルはベッドルームとの仕切りのドアをゆっくりと開けた。安藤は俯き加減の顔を上げ、アルの姿を認めると「キャーッ」と絹を裂くような悲鳴をあげた。

立とうとして椅子から転げ落ち、窓際へと這って逃げる。真っ青な顔で、両手を組み合わせてブルブル震えている。怖がるのも無理はない。「今朝亡くなった」と言われた男が突然現れたのだから。自分が突き落とした時の姿のままで。おまけに頭には三谷が「絶対にこれがあった方がいいって！」という主張により追加された血糊《ちのり》がべったりと貼りついている。

アルは安藤から三歩ほど手前で立ち止まり、しゃがみこんで震える背中をじっと見下ろした。

「いやっ、いやっ、いやーっ」

安藤は半狂乱で叫ぶ。

「どうしたんですか！　安藤さん」

三谷が慌てた素振りで部屋に戻ってくる。そしてアルの隣をスッと通り過ぎた。まるでそこには何もいないかのように。

「そっ、そこっ……」

「えっ？　そこに何かあるんですか？」

三谷は安藤が指さす方向をきょろきょろと見回す。傍にいるアルは、あくまで見えていない振りをする。

「あっ、あなたの隣に、ケインさんがいるっ」

三谷は眉を顰めた。

「何を言ってるんですか？　彼は今朝、亡くなったんですよ」

「だって、あんなにはっきり……」

三谷は真剣な表情で問いかけた。

「安藤さん大丈夫ですか？　疲れてたりしてませんか」

血まみれのアルの隣にある椅子に三谷は腰を下ろした。

「そんなところにしゃがんでないで、こっちにきて座ってください。優香さんのスマホ、返すので」

「いやっ」

「嫌って……さっきは受け取ってくれるって言ったじゃないですか」

三谷が鞄からスマホを取り出し、安藤に近づく。そんな三谷の後ろに、アルはついていく。安藤の顔が狂ったパースのように醜く歪んだ。

「来ないで！　来ないで！」

三谷が足を止める。沈黙の中、頭を抱えこんだ安藤の荒い息遣いだけが辺りに響く。

「どうして　ぼく　ころした？」

登場して初めて、アルは口を開いた。

「いやあああーっ」

安藤は両手で口許を押さえた。

「こっ、声が聞こえた。ねっ、今聞こえたでしょ。変な声が聞こえたでしょ」

「声って、誰の声ですか？　何か聞こえるんですか？」

安藤の混乱ぶりを前に、三谷は白々しく惚《とぼ》ける。

「どうして　ぼく　ころした？」

アルはいつもよりも低い声で喋った。

「ほら、聞こえた。聞こえたじゃない！」

「俺には何も聞こえませんよ。安藤さんには誰の声が聞こえてるんですか」

アルは安藤をじっと見つめたまま「ふたり　ころした」とゆっくり喋った。

「どうして　ゆうか　ぼく　ころした？」

アルは三谷の傍を離れて、更に安藤へと近づいた。

「た……すけて、たすけて、いやっ、いやーっ」

安藤が闇雲に両手を振り回す。

「ゆうか　ぼく　どうして　ころした?」

「あれは天罰よ!」

安藤は俯いたまま叫んだ。

「あの女に似合いの天罰よ!」

「ひと　ころす　どんな　りゆう　あるでも　だめ」

「あっ、あの女、人の恋人を寝取ったのよっ」

顔を上げた安藤の両目から、涙がこぼれた。

「結納だってしてたのに、あの女が……」

優香のスマホに安藤の彼氏の写真を見つけてから、そういうことじゃないかと予測はしていた。好きな人に裏切られるのは悲しい。傷つく。だけど人を殺すのは何であってもいけないことだ。

「どうして　ぼく　ころした?　かんけい　ない　のに」

「だってあなた、見たんでしょう。私が優香を突き落とすところを見てたんでしょう。最初から優香の血の匂いがするとか、私を見る目が変だったもの」

口にしたあと、安藤は大きく瞼を見開いて三谷を見た。そして口許を押さえ、これまで以上に真っ青な顔をして俯いた。自分と幽霊以外の登場人物の存在を忘れていたことに気づいたからだ。

安藤は言い訳をしても一度口から出た言葉は取り消せない。三谷は無言のまま、静かに安藤を見ている。コンコンと部屋のドアがノックされる。安藤が勢いよく顔を上げ、そして誰の返事も待たずに扉が開いた。

入ってきたのは、忽滑谷と柳川。二人とも取り調べをしたと言っていたので、安藤は顔を覚えていたのだろう。「ひっ」と悲鳴をあげた。

「室内の映像と音声は記録した。安藤亮子、神保優香殺害容疑で緊急逮捕する」

安藤が「うわあっっ」と叫んでその場に突っ伏した。柳川は安藤に手錠をかけ、そして時間を確かめた。

「十九時三十五分、確保」

安藤は柳川に支えられて歩きながら、呆然《ぼうぜん》とした顔でアルを見ている。そして、自分が芝居を打たれ、罪を告白させられたと気づいたようだった。

「どうしてあなた、生きてるの？　あんなに高いところから落ちたのに……」

ゆっくりと安藤は喋る。

「ぼく　からだ　じょうぶ」

フッと安藤は虚《うつ》ろに笑った。

「丈夫ってなによ……あなた、本当に人間なの？」

アルをドキリとさせる言葉を残し、安藤は部屋を出ていった。残った三谷とアルに忽滑谷が「ご協力、ありがとうございました」と頭を下げる。

「安藤亮子については、証拠がなかった。けれどお二人のおかげで、貴重な自白が得られました。感謝します」

三谷は首を横に振った。

「こちらこそお役に立ててよかったです。ケインさんに話を聞いた時は、俺が協力することで、優香さんを殺した真犯人が捕まえられたらって単純に思ってたけど、想像したよりも現実はきついですね。それにすごく悲しくなったっていうか……」

「ころした　りゆう　わかった　から？」

「それもあるけど、やっぱり優香さんは殺されなくてもよかったんじゃないかなって思ってさ。罪は殺された本人だけじゃなく、みんなを不幸にしていく気がする」

三谷は目を伏せ、小さく息をついた。

「人を手にかけるのは、どういう理由があれ正当化はされない。これからの取り調べでもっと深い部分がわかってくると思うよ」

忽滑谷の言葉に、三谷は「そうですね……」と神妙に答えた。そろそろ部屋を出ようとしたところで、三谷はおもむろに自身のスマホを取り出した。

「ケインさん、写真撮っていい？」

「ぼくの　しゃしん？」

「その血糊の感じ、すっごくかっこいいから」

三谷はパチリ、パチリと色々な方向からアルの写真を撮る。思う存分血まみれの吸血鬼を撮影したあと三谷はぽつりと呟いた。

「俺、ホラー映画に出たいんだよね。桜井は嫌がって、仕事取ってきてくれないけど」


服を脱いで化粧を落としたアルは、忽滑谷の運転する車でマンションに送ってもらった。柳川は安藤を警察署に連れていった。そういえば、今回のことで打ち合わせをした時、柳川はアルとほとんど目を合わせてくれなかった。どうも嫌われてしまったらしい。

「アルのおかげで逮捕が早まったよ。優香が精神科に通院してたっていうのが、安藤が優香になりすましての受診だったことはつきとめたんだけど、個人病院で医者も高齢だから、今ひとつはっきりしなくてね。優香が付き合っていた相手というのも、優香自身が誰にも話してなくて、まったく浮かんでこなかった。アルが拾ってきてくれた優香のスマホにあったやり取りが決定打になったよ。ありがとう」

「つかまる　よかった」

アルは助手席に深く座り込んだ。悪いことをしたなら、それを償わないといけない。

だけど悲しい。人を殺したいとまで思うような恋愛の形は、間違っている。理屈ではわかっていても、感情がセーブできないことがあるんだろう。自分が見境なく血を吸ってしまう時のように、どうしても抗えないものが。

「すごいれんあい　ぬかりや　したこと　ある？」

忽滑谷が面白そうに笑った。

「すごいの定義がちょっとわからないけど」

「しんでもいい　おもう　れんあい」

どうかなあ、と忽滑谷は肩を竦める。ないと言わないのは、そんな恋愛をしたことがあるのかもしれない。

「あきら　すごいれんあい　したこと　ある　かな」

「ないと思うよ。僕が知っている限り、誰かと付き合ったという話を聞かないから。暁は高校の時から全然変わらないんだよ。アメリカに行ってきても、今の仕事をはじめても、見た目は歳くっても、精神的に成長してる感じがしない。恋愛に対しても、自覚のない臆病者だしね」

「おくびょう？」

「口先では人に興味ないって言うけど、僕は臆病なだけじゃないかと思ってる。暁は自分のことをあまり話さないし、肉親の情に薄いみたいだから、優しくされることに抵抗があるのかもしれない。それでも本人は優しくて割と心配性だから、誰かと一緒に暮らしちゃえば、情がわいて離れがたくなるんじゃないかなと考えてたんだ」

「それ　ぼく？」

忽滑谷はおどけるようにウインクした。

「普通だったら絶対に同居なんて『うん』とは言わないだろうけど、未知の生き物、吸血鬼相手だと流石の暁もうんと言わざるをえなかったね」

忽滑谷は暁のことをとても心配している。いい友達だ。アルはフロントガラスの向こうをじっと見つめた。

「ぼく　あきらのまんしょん　ずっと　いる　いい？」

「いいんじゃないかな」

アルは運転席に少しだけ身を乗り出した。

「おかねたまる　でも　まんしょん　いる　いい？」

「そんなに暁の傍が気に入った？」

「あきら　しぬまで　そばにいる　したい」

死が二人を分かつまでってこと？　まるでプロポーズみたいだね、と忽滑谷は笑い、

「暁に相談してみなよ」と言ってくれた。

アルがマンションに帰ると、暁はソファに腰掛けてスマホで誰かと話をしていた。物音が邪魔にならないよう、そっとドアを閉じる。暁の口から、葬式とか時間……という言葉が、チラチラと聞こえてきた。仕事の話だろうか。

通話を終えた暁は、帰ってきたアルをチラッと見た。

「変な芝居は上手くいったのか」

アルが幽霊役になり、安藤に自白を迫る芝居を打ちにいったことを暁は知っている。最初、アルが芝居のシナリオを話した時は「そんな子供だましの手が通用するのか？」と大真面目に失礼なことを言っていた。

「あんどうさん　たいほ　なった　じぶんやった　はなした」

暁は「へえ」と浅く頷いた。

「遺族のためにもなるが、容疑者本人も捕まってよかったんだろうな」

「あんどうさんも　つかまる　よかった？」

「サイコパスでもない限り、人を殺したって罪悪感は一生ものだろ。隠してビクビク暮らすよりも、悔い改めた方が気持ち的には楽じゃないのか。まあ、人が一人死んでるんだから、そういう気持ち云々って言うのは不謹慎かもしれないけどな」

そうかも……と思いつつ、アルは暁の向かいにちょこんと座った。

「ぼく　あきらに　はなしある」

「何だ？」

　切り出すのが怖い。暁のことだから速攻で「駄目」と言いそうな気がする。けど忽滑谷の「相談してみなよ」の声に後押しされて、アルは口を開いた。

「あの　ぼく……」

　暁のスマホに着信がきた。話しかけたアルを右手で制して、暁が電話に出る。「結論は出てるのか？」とか「家族はそれでいいって言ってるのか」と苛立った調子で喋っている。そして怒ったような、複雑な顔で電話を切った。

　暁はおもむろにクロゼットを開けると、スーツに着替えはじめる。午後十時を過ぎているのに……。

「あきら　どうした？」

「仕事が入る……かもしれん」

　暁はぽつりと呟いた。緊急の時でも、何時にご遺体が来るのかははっきりしているのに、曖昧な言い方が気になる。

「まだ　きまる　ないの？」

「微妙なところだ。依頼があるかどうかわからん」

　暁はアルの顔を見た。何か迷っている表情だ。

「どうせすぐにわかることだし、先にお前にも話しておく。今日の夕方、室井の母親が亡くなった」

アルは大きく瞬きした。

「交通事故だそうだ。昼間、センターの方に一度連絡があったが、その時はまだ重体だと言っていた。今、室井本人から連絡があって、母親のエンバーミングをしてほしいと依頼があった」

室井はまだ見習い中なので、手伝うことはできても、エンバーミングはできない。もしエンバーミングをするとしたら、小柳、津野、暁の三人のうちの誰かだ。

「あきら　エンバーミング　する？」

「俺に頼みたいと言われた。けど父親が嫌がっているそうだ。もとから室井の仕事にいい印象を持ってないらしくてな。一応、ご遺体をこっちに運ぶ手はずになっているが、こういうケースはまず間違いなく揉める」

喋りながら、暁はネクタイを締めて髪を整える。アルは一歩前に進み出た。

「ぼく　いっしょ　いって　いい？」

「駄目だ。家にいろ」

「てつだいする　そうじする　はやくおわる」

「家にいろって言ってるだろ」

けど、どうしてもついていきたい。話の途中だったたし、一人で残されたくない。だから勝手に暁の後について、車に乗り込んだ。暁は「おいっ！」と怒っていたけれど、アルを引きずり出す時間も惜しいのか、そのまま車を走らせた。

「お前、余計なことは一切喋るなよ」

暁に釘を刺され、コクリと頷く。車は十五分ほどでセンターに着き、暁は裏口で数字のキーボードに暗証番号を打ち込んだ。アルも後にくっついて中に入る。

「勝手なことをしおって、許さんからなっ」

静まりかえった薄暗い廊下に、夜気をも震わす怒鳴り声が響いた。

「連れて帰るぞっ」

ロビーの端に、人が立っている。室井と、その向かいに五十代後半とおぼしき中年の男。背が高く、体格もいい。顔がどことなく室井に似ている。

「こんな状態じゃ、母さんが可哀想だ」

悲鳴のような室井の声が聞こえた。

「可哀想も何も、あれが自然のままの姿だ。死体をあちこち弄り回すより、そのままの方がいいんだ。明後日《あさって》にはもう火葬になる」

「あれが自然なわけないだろ。いつも綺麗にしてたのに、あんな酷い状態をみんなに見られるのは嫌に決まってるじゃないか。自分の仕事だからじゃない、きっと母さんが望んでると思うから……」

「この罰当たりがっ」

男が右手を上げた。張り倒された室井が後ろ向きにどっと倒れる。

「いい加減にしろっ。母親の体を玩具《おもちゃ》にするなっ」

受付から松村さんが飛び出してきた。二人の間に人が入っても、男の怒りは収まらない。

「ようやく大学を出たと思ったら、就職もせずに勝手におかしな学校に入って。俺は死体で金儲《かねもう》けなんて罰当たりなことをさせるために、お前を大学に行かせたんじゃないぞっ」

「何もわかってないのは、父さんの方だっ」

暁は大きな足音をたてながら修羅場の真ん中へと向かっていった。

「あっ、高塚さん」

松村さんが助けを求めるように暁を見る。室井も振り返った。殴られた頬は赤く、目許は今にも泣き出しそうに膨らんでいる。暁は座り込んだ室井の腕を引いて立ち上がらせると、怪訝な顔をしている室井の父親と正面から向かい合った。

「はじめまして。このセンターでエンバーマーをしている高塚暁といいます」

暁は名刺を差し出す。男は口許をムッと引き結んだまま、名刺を受け取ろうとはしない。暁は宙ぶらりんの名刺をスッとしまった。

「私は室井君の指導を担当させてもらっています。このたびはご家族の方が、ご愁傷様でした」

暁は深く頭を下げる。

「お前が死体を金儲けの道具にしている親玉か」

「父さんっ」

室井が叫ぶ。暁は顔を上げ、室井の父親をじっと見つめた。

「奥様をエンバーミングされるかどうかは、もう一度ご遺族の皆さんでよく話し合ってから決めてくだされればと思います」

暁が無理強いすると思っていたのだろうか、室井の父親が虚を突かれた顔になる。

「エンバーミングはご本人のためというよりも、残されたご家族の方のための処置だと私は考えています。ご家族が望まないのに、処置をする必要はない。どういうお別れをしたいのか、ご家族の方でよく話し合ってください。自然のままがいいと思われるのであれば、それでいいと私は思います。アメリカでは土葬が中心ですから、防腐、感染防止の意味合いもあってほとんどの方がエンバーミングの処置を行います。しかし日本は火葬が中心ですから、必要ないと言われる方も多いです」

室井の父親は、勝ち誇った顔になり「帰るぞ」と室井に言い放った。

「一つだけ……」

　こちらに背を向けた室井の父親が振り返った。

「お二人の会話を少し聞いてしまったのですが、室井君が学ぼうとしているエンバーミングの技術は、決して死体を玩具にしようとするようなものではありません」

　暁の声が廊下に響く。

「みな自分が望む最期を迎えられるわけではありません。闘病の末にやせ細って亡くなられる方、不慮の事故の方もいらっしゃいます。事故に遭われた場合ですと、ご遺体が損傷していることが多い。中には原型をとどめず、顔を見せずにお葬式をされる方もいらっしゃいます。私たちの技術は、そんなやつれたご遺体や、怪我をしたご遺体も、ある程度まで元気だった頃の姿に近づけることができます。お別れの人が会いたかったその方の姿、そしてその方がみんなに覚えていてもらいたい姿に近づけるのが、私たちの仕事になります。私は自分の仕事を、貴いものだと思っています」

　喋り終えた暁は、もう一度室井の父親に頭を下げると、俯いて震える室井の肩に手を置いた。

「家に帰って、もう一度ご家族と話し合え」

　松村が慌てて事務所に戻り、大きめの封筒を手に戻ってきた。それを室井の父親に差し出す。

「こちらが当センターのご案内です。もし嫌だと思われたなら捨ててもらってけっこうですから」

室井の父親は不機嫌な顔をしながらも、その資料を受け取った。

「……俺は嫌だ」

ぽつりと室井が呟いた。

「これで家に帰ったら、そのまま通夜になって葬式だ。この人は俺の話なんかきっと聞いてくれない。いつも、いつもそうだった」

「室井！」

窘める暁の声に、室井は頭を抱えた。

「絶対に嫌だ。あんな潰れた顔、俺の母さんじゃない。あんなの俺の母さんじゃない。あんな姿、絶対に人に見せたくないっ。誰にも見られたくないっ」

室井は床に崩れ落ち、嗚咽を漏らす。室井の父親は、床に崩れて幼子のように泣く息子を、ただじっと見つめていた。


一度家に帰った室井の母親は、翌日の午前中に再び運び込まれた。今回は正式にエンバーミングを施すとの依頼だった。朝、控え室までそれを伝えに来た室井はホッとした顔をしていた。暁の肩で話を聞いたアルも、室井の希望がかなってよかった……と心底思った。

「父親は最後まで嫌がってたけど、姉と弟が……綺麗な母親の顔を見たいって言ったから……」

泣きはらした赤い目で「高塚さん、お願いします」と室井は暁に頭を下げた。室井自身も助手として処置室に入りたいと希望したけど、それは暁が止めた。

「やめておけ」

室井がどうしてもとごねると、話を聞いていた小柳が間に入ってきた。

「俺もやめておいた方がいいと思うなあ」

「けど……」

納得がいかないといった表情の室井に小柳はニコリと笑いかけた。

「ほら、女の人ってお化粧するとこ見られるのを嫌がるでしょ。それと同じだと思うんだよ。高塚さんに任せて、気に入らないところはあとでいくらでも文句を言えばいいんだから」

「おいおい、文句ってのは何だ」

室井は少しだけ笑い、そして暁に全て任せると承知した。

顔面全体の修復があるので時間はかかると暁は言った。室井は家に帰らず控え室で処置が終わるのを待っていて、たまにアルの相手をしてくれるけど、心ここにあらずといった風に終始ぼんやりしていた。五時間ぐらい経った頃だろうか、暁が控え室に室井を呼びにきた。立ち上がった室井の足は少し震えている。ＣＤＣルームへと向かう室井の後に、アルはそっとついていった。

「写真を見たが、化粧の好みがわからん。今は薄化粧にしてある」

日本風の長方形の棺の中におさめられた、薄水色の着物姿の女性。その姿を覗き込んだ途端、室井の目からぼろぼろと涙が溢れた。

顔面が、顎の一部を残してこそげ取るようになくなっていると小柳が話していたのを聞いていたが、そんな気配は微塵も残っていなかった。ふんわりと閉じられた瞼。ふっくらとして自然な赤みを帯びた頬。今にも喋り出しそうな艶やかな唇。とても綺麗だけど、五十代という年齢を感じさせるたるみもある。気持ちよさそうに眠っている……そんな安らかな顔に室井の母親の表情は仕上がっていた。

「高塚さん、やりすぎです」

室井の両目からこぼれる涙が、棺の中に吸い込まれていく。

「五歳ぐらい若返った感じ……」

「そうか、じゃあもう少し老けた感じに」

暁が手を入れようとすると、室井が「これがいいです」と断った。

「俺の好きな母さんの顔だ。最近、顔の皺とかすごく気にしてたし。はは……びっくりしてるだろうな。最後にこんなに綺麗になって」

室井が母親に触れる。そして棺の傍でくずれるようにしゃがみこむと、声をあげて泣き出した。暁はしばらく傍らに立っていたけれど、隅から椅子を引っ張ってきて、座らせようとした。室井は少し抵抗し、そして暁に正面からしがみついた。

「室井」

「あ……りがとうございます」

暁は室井をふりほどかず、じっと抱きしめられたままになっている。その姿を見ているうちに、アルは胸がモヤモヤしてきた。室井が大変だったのも、悲しいのもわかる。けどどうして暁に慰めを求めているのだろう。母親をエンバーミングしてくれたから？　職場の上司だから？　それとも自分が好きな人だから？

室井は知っているんじゃないだろうか。暁は本当に困っている人、悲しい人を突き放せないと。こんな風に優しくしたら、室井はもっともっと暁を好きになってしまう。

しばらく暁の胸で泣いたあと、室井はもう一度「ありがとうございます」と頭を下げ、母親を連れて帰っていった。アルはその日、人間の姿に戻るまでずっと暁の肩にとまっていた。

「重い」とか「鬱陶しい」と言われてもどかなかった。そんな姿を見て、津野が「今日のアルは甘えん坊だなあ」と笑っていた。

午後十時過ぎ、忽滑谷がふらりと暁のマンションにやってきた。安藤のその後を伝えにきてくれたのだ。話しているうちに、自然と室井の話題になった。

「そんなことがあったんだ。後輩君も大変だったんだね」

ソファの向かいでアルのいれたコーヒーを飲みながら、忽滑谷はゆっくりと頷いた。

「僕は暁がそういう仕事に就いたから知ってるけど、署内でもエンバーミングを知らないって人はけっこういるからね。後輩君の父親の偏見もありそうなことだ」

暁が呟く。

「馴染みがない人間には、遺体の防腐処置そのものが異様に思えるんだろうな」

今日の午後、受付の松村さんと暁は、室井の母親の葬式に参列した。アルも暁の車を追いかけて告別式に行き、ちょっと離れた場所にある木の枝にぶら下がり、葬儀の様子を見守った。

「事故で酷い状態だって聞いたけど、とても綺麗なお顔だったわよね」

「本当に寝ているだけかと思ったわ。いいお顔よね」

そう口にしながら帰る人を何人も見かけた。

「葬式に行った時、室井の姉弟《きょうだい》に礼を言われたよ。綺麗にしてくれて、ありがとうってな。姉弟も事故後の顔を見て、ショックを受けていたらしい。やって本当によかったと言ってくれた。メイクの直しなんかは室井が自分でやったみたいで、室井の目指している仕事がどういうものか理解してくれたらしい。父親も……綺麗になって帰ってきた母親に喜んでる子供たちを見たら、もう何も言わなかったと話してたよ」

アルは葬式から帰っていく暁の背中を見送る室井の目に、熱量を感じた。暁は気づいてない。好きだから見ていてもおかしくはないけど、情のこもった視線はアルをザワザワと落ち着かなくさせた。

情といえば、優香の事件も完全解決した。偽芝居で告白したことで気が抜けたのか、安藤はあっさりと自分がやったと認めたらしかった。

「彼氏に振られたから相手の女性を殺すというのは短絡的だけど、その女性が自分の担当タレントというのも怒りの火に油を注いだのかもしれない。もともと彼氏にファンだからと頼まれて、引き合わせたのは安藤だったらしいから。まさか婚約している彼氏が自分を裏切って優香と付き合いはじめるなんて想像もしなかったんだろうね。男もちゃんと安藤と別れていればよかったのに、そのへんはうやむやにしてたみたいだし。いくら恋愛は自由だといっても、けじめは必要だね」

忽滑谷はそう言っていた。しんみりとした話にその場が沈黙する。

ふとアルは気づいた。今だったら忽滑谷もいるし、この前の話の続きをするには、ちょうどいいタイミングかもしれない。

「あきら　ぼく　はなし　ある」

暁は露骨に眉を顰めた。

「服を買ってほしいって話だったら、却下だ」

「どうして？」

「お前が欲しがるから買ってやったのに、あとで散々文句を言われたからな。欲しかったら小遣いを貯めて自分で買え」

「あれは　あきら　かっこわるい　おしえる　なかった」

「俺は『これでいいのか』って三回は聞いたぞ。所詮お前の美意識は、人にかっこわるいと言われた程度で揺らぐいい加減なモンなんだよ」

正論だけにキツい。アルが唇を噛んで震えていると、忽滑谷が「話が見えないんだけど……」と首を傾げた。アルが「美少女」Tシャツを着て、スタジオで笑われたエピソードを話すと、忽滑谷は複雑な顔をしていた。

「確かに『美少女』は誤解を受けそうだな……一般的に」

「それでもこいつは欲しいと言ったんだ。俺は『秋葉原』や『猫耳』はどうかって別のも勧めたぞ」

「暁、それも個性的な気が……」

クールな忽滑谷の意見に、暁は「何がおかしい。秋葉原は地名だし、猫の耳ってのは可愛いじゃないか」と力説した。二人のやり取りを聞いているうちに、こんな話をしたかったんじゃないと思い出す。

「ぼくのはなし　ふく　ちがう」

アルはソファの上に正座した。日本人は真面目な話をする時に、正座をすると酒入に聞いたからだ。

「ぼく　あきらのまんしょん　ずっといたい　です」

「何甘えたことを言っている！」

怒鳴り声で返される。どうも切り出すタイミングがまずかった気がするけれど、一度出したものを引っ込めることはできない。

「おかね　たまる　でも　ここいたい」

「お前、そんな他人に頼りきった状態で、この先ちゃんとやっていけると思ってるのか！」

「暁、そんな頭ごなしに叱らないで、まずはアルの話を聞いてあげたらどうかな」

忽滑谷が間に入ってきてくれる。

「話を聞くも何も、こいつの言っていることはただの甘えだ。なにが金が貯まってもここにいたいだ。人間は自立してこそナンボのモンだろうが！」

「ぼく　にんげん　ちがう！」

アルは叫んでいた。

「ぼく　ほしいの　はたらく　おかねためる　ひとりくらす　どれも　ない」

両手を握りしめ、アルは一生懸命に喋った。

「ぼく　ほしいの　あいだもの」

二人して黙りこむ。

「ぼく　ほしい　そばいるひと　ぼくあきら　すき　そばいたい」

バンッと大きな音がした。暁がテーブルを叩いたのだ。

「何でも自分の思い通りになると思うな。何が好きだから傍にいたいだ。俺に言わせれば、そういうのは甘えの極致だ」

「あまえちがう！　すきなひと　そばいる　しぜん」

「夫婦、恋人ならアリかもしれないが、お前は違うだろう」

「じゃあ　こいびと　して」

暁が一瞬、押し黙った。

「そばいたい　ぼく　こいびと　して」

「頭が痛くなってきた。何を考えてるんだ！　このクソ蝙蝠が」

「ぼくしんけん　ぼく　あきらすき　こいびとなる！　して！」

「馬鹿野郎！　恋人とか何とか、そういうのは押し売りされるもんじゃないだろうが！」

「あきら　かわない　だから　おしつける」

忽滑谷が「ちょっと待って」と、二人の間にプロレスのレフェリー宛らに右手をいれる。

「暁も落ち着いて。アルには細かい言葉のニュアンスの使い分けが、まだ難しいようだから……」

「ぼく　わかてる　せっくすする　こいびとなる」

暁の顔がかつて見たことがないほど険悪になる。忽滑谷は「アッ、アル。向こうで僕と話をしようか」とアルの服を引っ張った。

「あきら　なまみひと　にがて　ぼくきゅうけつき　ちょうどいい」

暁は前にあった新聞を素早く丸めると、アルの頭をスパンッと叩いた。

「それ　いやっ」

「俺の前で二度とそんなふざけた話ができないよう、体に教え込んでやる！」

「いやっ　いやーっ」

頭を抱えて逃げ回るアルを気の毒に思ったのか、忽滑谷が暁を止めてくれる。アルは部屋の隅で、怒り狂う暁をじっと見た。セックスに興味がなく、そしてゲイに偏見はない。そんな暁が、どうして興味のないことに対してこれほど怒るのかわからない。わからなかったが、唯一思いあたることといえば……。

「ぼく　どっち　でも　いい」

アルは決心した。

「いれる　はいる　どっちでも」

「何の話だっ！」

「せっくすの　と……」

言い終わる前に、ぶ厚い本が重量級の凶器になってこっちに飛んでくる。慌てて右によけ、危険を回避した。

「今すぐ出てけっ、このクソ馬鹿っ」

緊迫した状況の中、間延びした電子音が鳴りはじめる。暁のスマホの着信音だ。「ほら、かかってきてるよ」と忽滑谷に急かされ、暁は鼻息も荒いまま電話に出た。

話を聞いている暁の表情が更に険しくなっていく。怒りに上塗りされる怒りは恐ろしい。

「吸血鬼ドラマの第二シーズンが決定？　そんなの俺の知ったことか」

暁が一方的に通話を終了する。すると今度は暁のものとは違う着信音が聞こえてくる。忽滑谷のスマホだ。

「酒入からだ。珍しいな」

　忽滑谷は電話に出る。ある程度話をしたところで、通話口を押さえ「アルに連絡が取りたいって言ってるんだけど」と呟いた。

「アルの出演していた吸血鬼のドラマ、それが主人公を変えて続編を撮ることになったんだって。それで吸血鬼役のアルに続投をって言ってるんだけど……」

　暁は忽滑谷のスマホを取り上げると「さっき俺が断っただろうが！　しつこいな！　いい加減にしろっ」と大声で怒鳴りつけ、スマホを返していた。

「本当にどいつもこいつも、自分勝手なアホばっかりだ！」

　癖毛の髪を掻き毟り、苛々を堪《こら》えきれないように両手を振り回す。まるで猛《たけ》り狂ったライオンだ。……怒る暁は怖いけど、本当は優しいと知っている。だから本当に、心の底から暁の恋人になりたい。誰か他の人のものになってしまう前に……自分が後悔する前に。

吸血鬼とお買い物

ようやくレジの客が途切れた。パートの橋下《はしもと》はふうっと息をつき、周囲を確かめた。今稼働しているレジは三つで、そのうち二つには客が一人並んでいる。午後七時三十分と夕飯のお買い物には遅い時間帯で、人が少なくなってきているものの、値下がりしたお弁当を狙っての客もいるので閑散とまではいかない。客も来ないのにレジを開けていたら、店長に「ぼーっとしてないで、何か仕事をして」と注意される。自分のレジを閉めて品出しにいくか、微妙なところだ。

あと三分待って客が来なければこのレジを閉めようと決め、肉や魚のパックを入れるビニール袋を自分が取りやすいようセットしなおしていると、前の通路を背の高い人影が横切った。

茶色の髪に、グレーの瞳。若くて俳優みたいにかっこいい外国人男性……橋下は心の中で「美少女さん」と呟いていた。

イケメンの外国人男性は、今日も「美少女」と背中にプリントされたTシャツを着ている。あれを見るたびに、橋下はちょっぴり申し訳ない気持ちになる。きっと何も知らないのね、と。

美少女Tシャツは、この個人スーパーの片隅にある衣料品コーナーで売られていた。衣料品コーナーといっても、お出かけに着られるような服はなく、下着や靴下、Tシャツに、ジャージといった家の中で着るものがメインだ。

美少女のTシャツは、社長の知り合いの知り合いが、売れ残りの在庫を大量に抱えて困っていたのを安く買い取ったと聞いている。

千九百八十円の正価に最初から三十パーセントオフの赤いシールを貼って売り出したら、お花や英語のロゴの無難なTシャツはぽつぽつ売れた。質はよさそうだったので、五十パーセントオフになったところで、社員割引を利用して橋下も一枚買った。それでも残ったものは、さらに値下げ幅が大きくなり、最終的に七十パーセントオフまでいった。美少女の文字Tシャツは「猫耳」や「秋葉原」なんかの、なかなか売れないのも納得の面子《メンツ》と共に最後まで残ったうちの一つだった。

数ヶ月前、夕飯時を過ぎて客が少なくなったので、橋下は「このレジは休止中です」の札を置いて衣料品コーナーに行き、客が引っかき回していったワゴンの靴下を整えていた。

「これ　ぼく　ほしい」

たどたどしい日本語に振り返ると、激安Tシャツの入ったワゴンの前にイケメン外国人がいた。少し前から、レジのバイト仲間の間で、たまに来る茶色の髪の外国人は「俳優みたいにイケメン」と噂になっていた。

喋っているのは初めて聞いたけど、まだ日本語はちょっと拙い。

「とても　ほしい　かって」

イケメン外国人の向かいには、黒髪の日本人がいる。こっちの人もたまにうちのスーパーに来ている。彼も綺麗な顔をしていて、庶民的なスーパーではやたら目立つ男の人だけど、無表情なので親しみやすい感じはない。いつも白いシャツに黒いパンツなので、橋下は勝手に「モノクロさん」と呼んでいる。

そのモノクロさんとイケメン外国人が話をしている。前も何度か二人で買い物に来たことがあり、モノクロさんはホストファミリーかな？　と勝手に思っている。

「おねがい」

イケメン外国人が、モノクロさんの前にバーンと突き出しているのは「美少女」の文字が印刷されたTシャツ。それは、ちょっと主張が強いんじゃ……と橋下は心配になった。あの漢字の意味を彼が理解しているとはとても思えない。案の定、向かいにいるモノクロさんは腕組みをし、それとわかる渋い顔をしている。

「こっちはどうだ」

モノクロさんがワゴンから取りだしたのは「猫耳」と「秋葉原」のTシャツだ。ああ、それもちょっと……と思うものの、美少女よりはまだある意味、誤解が少ないかもしれない。買うならそっちの方がマシだ。

「ぼく　これ　すき」

イケメン外国人は美少女のTシャツが気に入っているらしく、手から離さない。橋下は「猫耳がまだマシですよ」と人知れず念を送った。

二人のやり取りをはらはらしながら横目で見ていると、ピンポンパンポーンと館内放送が鳴った。

「3番レジ、3番レジ、お戻りください」

レジが混み合ってきたらしい。橋下は整えていた靴下をワゴンに置き、慌ててレジに戻った。部活帰りの高校生なのか、下の娘ぐらいの歳の子たちが二つのレジに集中していたので、急いで3番レジを開けて客を誘導した。

高校生の波が過ぎると、また客が途切れた。並んでいるのは三つあるうちの一つだけ。時間も時間だし、再び閉めようとしたところで、レジカウンターに緑色の店内カゴが置かれた。

客はモノクロさんだった。そしてカゴの一番上には、Tシャツが載っている。もしや……ひっくり返すと、そこには「美少女」と印刷されていた。これ、買うんだ……と思いつつ、客が欲しがるのを止めることもできず、レジを通した。

チラとモノクロさんを見ると、いつも以上に渋い顔をしていて、その後ろにいる外国人の彼はニッコニコの笑顔だった。

それからイケメン外国人は、けっこう肌寒い日でも「美少女」Tシャツ一枚でたびたびスーパーに現れるようになった。購入してもらったものだし、あとはどう使おうとお客様の自由とはいえ、そのロゴはとても目立つ。

他のパート仲間にも「あの人が着てるTシャツ、うちで売ってたやつ？」と気づいた人がいて、イケメン外国人は、いつしかみんなの間で「美少女さん」と呼ばれるようになった。

モノクロさんと一緒に来ていた美少女さんは、いつからか一人で買い物に来ることが多くなった。パンや野菜、おやつのチョコなんかをよく買っていく。

橋下がレジを打った時に、三千八百五十円の会計で、美少女さんが出したのが三千五百円だったことがあった。

「三百五十円足りませんよ」

そう教えると、美少女さんは驚いた顔をして「おかね　ない　たりる　ない　どうしよ」と慌てていた。喋り方は拙くても、聞き取りはできるようだ。

「何か一つ買うのをやめたら、大丈夫ですよ」

美少女さんはホッとした顔をしたものの「どれ　やめる　いい　わかる　ない」と途方に暮れた顔をした。

「ねだん　わかる　ない」

　商品は売り場にしか値段の表示がないものも多い。美少女さんが日本円の値段がわからなくても無理はない。

「このチョコレートソースは四百円なので、これをやめればお金は足りますよ」

「ない　たりる？」

　美少女さんが、上目遣いに聞いてくる。ほんと綺麗な灰色の瞳だ。

「はい」

「そうして　おねがい」

「わかりました。じゃあチョコレートソースはやめますね」

　それをよけて、レジを打つ。無事に手持ちのお金で買い物ができた美少女さんは「とても　しんせつ　ありがと　ございす」と武士みたいなお礼を言って、ニコッと微笑んだ。おそらく「ま」を言い忘れたであろう「ございす」で思わず吹き出しそうになったものの、こらえて「こちらこそ、いつもありがとうございます」とお礼を言った。

　それからほぼ毎日、美少女さんは買い物に来ている。橋下のレジに並ぶこともあり、すると美少女さんは「きょう　おかね　だいじょうぶ」とか「おさかな　やすい」と気軽に声をかけてくる。橋下が「明日はお肉が安くなりますよ」と教えてあげると「あした　ぼく　くる！」と勢いこんでいるのが、かわいらしい。息子ぐらいの歳だから、よけいに。

　ある日、美少女さんが買い物をしながら浮かない顔をしていることがあった。いつもだったら何かしら話し掛けてくるのに、無言。そっとしておいた方がいいのかなと思いつつ、気になったので商品を全てレジに通し終わった後に「明日はバナナが安いですよ」と極秘情報を教えた。

　美少女さんは「バナナ」と俯けていた顔をあげ「バナナ　むくだけ」と呟いて、また俯いてしまった。次にレジを待っている客もいないし「バナナ、美味しいですよね」と会話を続けてみる。すると美少女さんは「ぼく　りょうり　へた」とため息をついた。

「あめりかじん　みかく　おかしい　いわれる」

　よく食材を買っているので、まめに自炊をしているのかなと思っていたけれど、美少女さんが作る姿はあんまり想像していなかった。ホストファミリー側が料理をしそうだけど、そうでもないんだろうか。

　まぁ、そこはいいとして、日本とアメリカでは国が違うんだから、味付けが違っていても不思議じゃない。

「これ、うちのスーパーで出してるレシピです。もしよかったらどうぞ」

　美少女さんに、店内で無料配布している、店長が手書きした料理レシピの載ったチラシを差し出した。「ぼく　にほんご　あんまり　よめる　ない　けど　れんしゅう　す

る　ありがと」と受け取ってくれた。そう、そうよね。日本語を喋るだけで精一杯よね……と思いながらも、どう慰めていいのかわからない。

「大丈夫。今は下手でも、練習すれば、これから先はもう上手にしかなりませんから」

美少女さんは顔をあげ「うん　ぼく　れんしゅうする」と大きく頷いた。その日、橋下は店長に相談して、レシピの英語版をいくつか作っては？　と提案した。ここのスーパーには、外国人もぽつぽつやってくる。店長は「売り上げにつながるなら、試しにやってみるか」とノってくれた。

英語版のレシピができたので、美少女さんに渡そうと待っているのになかなか来ない。そう思っていたら、ようやく今日、現れた。他のレジのパートは英語版のレシピを渡してくれるかしら、と気にしていたら、美少女さんは自分のレジにやって来た。

購入品をレジに通す。そして最後に「もしよかったら、これどうぞ」と英語版のレシピを差し出した。それを見た美少女さんは「これ　レシピ？」と聞いてきた。

「そうです。料理の作り方を載せたチラシですけど、英語版を置くことになったので」

「ぼく　これ　わかる　うれしい」

美少女さんがニッコニコになって、橋下も店長にお願いした甲斐《かい》があったな、と嬉しくなる。

「これ　つくる　あきら　きっと　おいしい　いう」

あきらって誰だろ？　と橋下は首を傾げる。よく一緒にいるモノクロさんのことだろうか。

「ぼく　あきら　けんこう　したい」

確かに、モノクロさんはお弁当を買うことが多かった。お弁当が悪いわけじゃないけど、どうしても揚げ物系が多くなる。健康に一番いいのは野菜たっぷりの自炊だ。

「人の健康も考えてあげられるなんて、優しいですね」

美少女さんは綺麗な瞳を覆う瞼をパチパチさせて、まるで清涼飲料水のＣＭポスターみたいな爽やかさ全開でニコーッと微笑むと「ぼく　あきら　すき」と頬を染め、はにかんだ。

その顔を見て、橋下は胸がキュンとした。もしかして、もしかして美少女さんは、モノクロさんのことが好きなんだろうか。モノクロさんはホストファミリーかと思っていたけど、一緒に暮らしている感じだし、ひょっとして二人は恋人同士とか……。

こんなに綺麗な美男と美男のカップルなんて、漫画みたいで素敵すぎる。橋下は急に胸がドキドキしてきた。恋人のために、苦手な料理を頑張る年下の外国人彼氏とか、ときめきが止まらない。

そこでハッと気づいた。美少女Ｔシャツを着ているのをモノクロさんが黙認しているのは、自分の素敵な彼氏の見た目に惹《ひ》かれてアプローチしてくる人たちを、それとなく追い払う目的があるのかもしれない。だとしたら美少女のTシャツは絶大な効果を発揮している。イケメンが、イケメンのままなんとなく三枚目になるからだ。そんな風な牽《けん》制《せい》をするモノクロさんは、ちょっと可愛い。

　子供も一人は成人して、残るは高校生の娘だけ。昔はちょっとイケてた夫もいいおじさんになった。自分もアラフィフに近くなり、そういう感情から遠い世界にいると思っていたのに、まさかパート先で最高級のときめきに出会えるなんて思わなかった。美しい二人がいちゃいちゃしている姿を想像するだけで、その絵面にうっとりする。この二人をスーパーの片隅から全力で応援したい、いや応援する。

　橋下は「あの、頑張ってくださいね！」とやや力をこめてポイントをつけたカードを返すと、美少女さんは「うん　がんばる」と両手をぐっと握っていた。

　その後、スーパーは十日ほど休業してプチリニューアルした。改装記念キャンペーンで、売れ残った商品……パッケージの古くなった商品や、箱潰れのお菓子なんかをビニール包装して、来店してくれたお客さん全員に、なくなるまでプレゼントすることになった。売れ残りでも、無料だとお客さんは喜ぶものだ。橋下はプレゼント用に回されることになった秋葉原のTシャツを小さく折り畳んで袋に入れて、待った。

　けどなかなか美少女さんは姿を見せない。今日は来ないのかしら？　と思っていたら、モノクロさんの方が来た。買い物カゴには、割引シールの貼られたお弁当と、朝食用だろうか、パンや牛乳なんかが入っている。

レジを通しながら、モノクロさんが美少女さんと仲良くしている姿を妄想してしまう。それだけで何だかこっちが照れてしまい、動悸《どうき》がしてくる。

全ての商品をレジに通したあと、橋下は「こちら、本店の改装記念のプレゼントです。どうぞ」と袋に入れた秋葉原のTシャツを差し出した。

「あ、どうも」

モノクロさんはボソリと呟いて受け取る。これも美少女さんに着せてあげてくださいね。きっとほかの人に言い寄られる心配が少なくなりますよ、私は応援してますからね！　と声に出さないエールを送り「お会計、二千四十五円になります」と、モノクロさんに向かってニッコリと微笑んだ。

本書は、二〇〇七年十月、書き下ろしノベルスとして蒼竜社より刊行された『吸血鬼と愉快な仲間たち2〜Love Birth〜』を文庫化にあたり、書き下ろしショートストーリー「吸血鬼とお買い物」を加え、『吸血鬼と愉快な仲間たち　2』と改題したものです。

本文デザイン／目﨑羽衣（テラエンジン）
本文イラスト／下村富美

集英社文庫

吸血鬼《きゅうけつき》と愉快《ゆかい》な仲間《なかま》たち　2

2023年9月25日　第1刷
2023年10月18日　第2刷

定価はカバーに表示してあります。

著　者　木原音瀬《このはらなりせ》

発行者　樋口尚也

発行所　株式会社　集英社
東京都千代田区一ツ橋2-5-10　〒101-8050
電話　【編集部】03-3230-6095
【読者係】03-3230-6080
【販売部】03-3230-6393（書店専用）

印　刷　大日本印刷株式会社

製　本　大日本印刷株式会社

フォーマットデザイン　アリヤマデザインストア　　マークデザイン　居山浩二

ISBN978-4-08-744570-1 C0193